U.K的冰源

曾緗筠 ____ 著

目錄

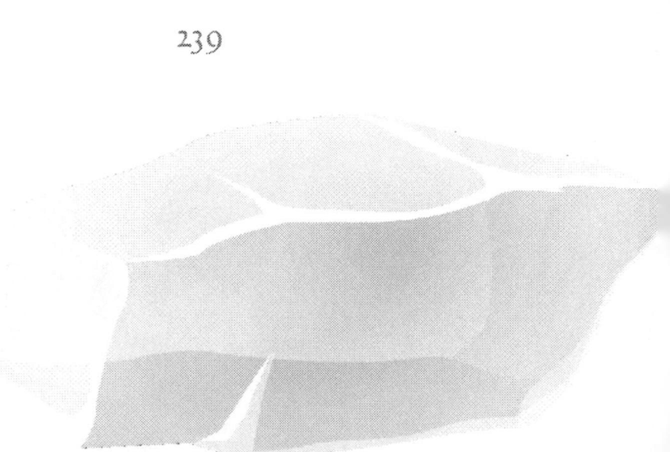

第一章　意外的獲得

高予潔照例，在八點過半時，推開了「三元」證券的玻璃大門……

這是她最後一天在這兒上班！

怪的是，她發覺自己竟不太有甚麼情緒起伏……

一點感傷或開心得意甚麼的……

也許是……

對接下來的事情，還沒有絕對的眞實感所致……

她在有自己燙金名牌的座位坐了下來……

稍微打理下四週，整飾整飾儀容……

九時一到，整個人便即刻動了起來……

顧客陸陸續續地打電話進來……

詢問股價，買股，賣股，偶而還會夾雜幾聲抱怨咒罵……

高予潔卻仍以一貫溫和鎭靜的態度對之……

不過，她暗地卻對這般的自己有些不以爲然：

因爲，能這樣，並非極度專業，或自身修養到家……而是，長期練就出來的一種所謂「工作麻木症」……

終於，熬到十二點了……

她和最要好的同事思汶去鄰近的咖啡館吃簡餐……

高予潔點了客素火腿套餐，思汶要了盤蝦仁炒飯……

「依我說，阿潔呀……」

思汶一邊用匙子將面前的炒飯和配料拌得勻些，一邊開口道。

「我可不認爲……妳是甚麼灰姑娘坐上南瓜車……」

「要飛上枝頭變鳳凰了……」

「妳小姐，仔細想想……」

「自個兒去到人生地不熟的國度……

「還要在那麼偏遠地方，單獨守棟偌大的房子……」

思汶吞了一大口的炒飯後，繼續議論著：

「這可是相當不安全，不可靠……」

「妳走後，還眞教人少份擔心都不成哩……」

「ㄟ，妳到底有沒有在聽？」

思汶放下餐具，對著一直未動筷子，沉思不語的高予潔，搖了搖她的膀子，抱怨道。

「還有……」

她又提高聲調道。

「妳的英式英文，練得到底夠不夠熟呵？」

「這一切都只是順著情勢罷了！」

高予潔泛泛的應著，無意識的撥弄著素火腿旁的綠色花椰菜。

食慾仍然未被提起！

剛剛答思汶的話旋回了自己的心底……

情勢？命運？

人生突變……

三元証券……響個不停的電話聲，居住多年，簡陋的一廳一房小公寓，虹波咖啡的商業午餐，甚至，思汶這位友人……

過了今天，就完全不再存在她的生活中了！

這……要牽涉到那段遙遠的，屬於父母親的故事了！

父親原是香港人，到臺灣來上大學……

儀表不凡，家境富裕……

而這樣的一個人，竟還能處處謙恭爲懷，儉樸實在……

絲毫都不存在半點的浮華氣！

任誰見著了，都會禁不住額手稱讚一番……

但他竟然誰都不愛，偏偏就戀上位讀書不多，各方面都和自己都極其懸殊的清潔女工——母親。

周遭自是一片強烈的不認同聲浪，而反對最爲嚴重的，卻屬……

自己的祖母，香江航運女霸主——錢姿曼。

她結婚未久，就不幸守寡，瞬間，一個才三十歲出頭的女子便接掌了丈夫的龐大事業……

對父親這位遺腹子的教養，她也發揮了她工作時的精神，嚴謹而不容有絲毫的鬆懈……

而對於兒子所選的另一半——自己未來媳婦，更是要求特多……

她下了個最後通牒予在臺灣，已陷入不可自拔熱戀中的獨生子……

不跟這女的分開，沒問題！

但，從今以後，他將不會再從她這個做媽的身上得到半點的經濟支援，繼承權及親情。

父親咬著牙，課外兼差去……

撐完了大學最後一年！

接著，便和母親結了婚。

婚後，他去補習班教英文，母親仍做她的清潔工作。

一年半後，她就出世了……

所以，雙親一直都是辛苦的在維持一個不甚寬裕的家庭……

然而，在她七歲那年，父親卻因流行性肝炎所引致的併發症而往生……

「別儘在那邊發呆……」

已報銷了大半盤炒飯的思汶意識到了自己剛才對高予潔講的話似乎太「厲」了番，故再開口時，語氣便轉柔了些許。

「湊合著吃點……」

「到了那邊，也不知道，還要等多久……」

「才能再嚐到這一味哩……」

她放下了筷子及調羹，用手肘碰了碰高予潔握著叉子的左手，積極地勸說道。

「嗯……」

高予潔順從的扒了幾口素火腿加米飯。

但，不一會兒，卻又停止了進食……

看著光滑的桌面……所映出自己那張有些憂思的臉孔……

她又不自禁的跌入了回想中……

從港島那邊傳來的消息……

當祖母聽到父親驟逝的事時，正在和幹部們開會……

她狂亂抓著胸前衣襟，整個人趴倒在桌上……

嘴裡不住的嚷嚷：「我就知道……」

「那個女人，遲早會殺了他的……」

「體質弱，還逞甚麼強？」

「要自力更生？」

「不就是快些兒把身子拖垮罷了……」

祖母詛咒著，謾罵著。

卻咬緊牙關，不讓自己落一滴淚。

她們孤兒寡母整整相依爲命了十一年！

高予潔飲了口水……

這段歲月有點像自己手中這杯加了檸檬片的冰水……

透著些許的苦澀味……

那般巧的……

就在她要舉行高中畢業典禮的前一天……

當母親正喜孜孜從超市提了一大堆菜，打算回家爲她慶祝時……

一輛煞車失靈的摩托車撞過來……

中止了她們母女間的緣分！

以後的日子……

她靠著家中一點微薄的積蓄，端盤洗碗，和助學貸款……

拿到了張商學系的文憑。

到「三元證券」工作，一晃也就好幾個年頭。

有時候仔細想想；

雙親都好像也只能短暫的陪女兒一段，卻無法眞正監督她成人後的世界……

至於「祖母」二字，也不過就是個「名詞」罷了，是從未在自己生活中具體化過的……

親情對她這人來說，是項很難保有的「奢侈物」！

但，就在兩個星期前……

她竟接到封來自香港的律師信，信中提到了：

錢姿曼女士已於十日前因胰臟癌往生，手中的金泛航運集團將交由自個兒的親弟錢威生掌管……

而留給了她這個從未謀面嫡親孫女一筆錢及一間遠在英國鄉間的屋子……

但，卻附帶了一個特別的條件；

高予潔必須先搬進那棟建築，住段時日；方能得到房產權及現款。

這令她困惑不已……

她把信上頭的文字閱讀了好幾遍……

還打長途電話去香港確認……

終於，證實了這事！

她一連思考許多天；

自己並不是那麼急欲得到錢及房子……

也絕非難以割捨這兒的生活及工作……

更不是如一般人所認定的；害怕一人孤身前往陌生的國度……

高予潔不斷在揣測祖母的心意；

會這樣做，是因爲，她對她這孫女兒還存留有那一絲的未竟之情？

還是，人之將盡，突然對兒子衍生出種抱歉的情緒，給孫女點贈予，也算是對他作了番間接的補償？

或者，不披任何私人感情感覺，只因爲，自己本來就是高家之後，理所當然地，是該分到些甚麼的……

也許，根本就以上皆非，是有某種估都估不到的，匪夷所思的理由，才能讓祖母這般「鐵娘子」的女人，放軟身段，想顧一下她這個向來跟她從無任何交集，遠在他方的孫兒……

在一連串紛亂的雜想後……

她終於決定豁出去了！

赴港把手續辦妥——單獨住進那幢荒僻的英格蘭古厝！

眼看，返工的時間就快到了……

高予潔胃口卻並未被提起……

但似乎得了某種另外的領悟似的……

她開始改變態度，大口大口的吞嚥起眼前的盤餐起來……

吃完了，她用餐巾紙拭去嘴角的飯粒……

然後，抬起頭來，元氣十足的望著思汶……

「妳就放寬心吧……」

「只要等著收我寄來的上好花草茶和招牌的英國奶油餅乾就好了。」

高予潔用著輕快明朗的語調講道。

五點正，從「三元證券」走出來後……

高予潔便提著行李箱，直接驅車前往機場……

折騰多時，她才抵達了倫敦……

搭機到曼谷，再飛荷蘭，轉英國……

隨即，便搭上了開往寇斯特一地的巴士……

在車內，她望著窗外，起伏不斷的英格蘭山峽平原……

心中重覆地默唸著「寇斯特」——這個她將要落腳小鎮的中文譯名……

她瞞不了自己的；一等到眞正落實來此，整個人就會變得忐忑不安起來……

那麼多年來，早已習慣於那種五光十色，浮動激進的都市生活……

突然掉到了僻靜，陌生的異國鄉鎭……

需要花多少時間方能適應這兒的日子呢？

搞不好，一刻半時也待不了，瞬即間，也就打道回台……

又，或者，就爲了滿足那麼點自我補償親情的心理，還眞的可以在這裡的老房子一直住下去也不定哩！

綠色的車身在有「Colster」字樣的站牌停靠下來。

高予潔撥了撥微亂的頭髮，拿著箱子，走出了巴士……

她獨立在一條公路上……

灰濛濛的天空，像個巨網般罩了著地面……

環視四週，蓊鬱的樹木，掩映著幾間橘色屋頂的平房……

她還遇不著半個人問路……

只有，繼續拖著行李前進……走了個十幾分鐘……

當她看到了一家有掛著「Grace grocery」字樣的小店時……

便自自然然的，想都不想的，一腳就跨進店裡……

一個窄窄的，三，四坪大的空間……

不甚整齊地置放著罐頭，飲品，廉價煙酒，散裝的糖果餅乾及一個書報架……

她買了一瓶「diet coke」……

拉開易開罐，當場就飲了起來……

「妳……是新加坡人？」

女店主親切向高予潔寒暄。

「噢，不是……」

「我是從臺灣來的……」

她邊答邊端詳眼前的這位英國女士……

約五十開外的年紀，蓬鬆的金紅髮，有對迷人的深褐色眼睛，嘴角一逕掛著抹溫和的笑容—

—全無傳統英國人那種冷漠嚴肅的外觀。

「是來這兒渡假？還是，要探訪甚麼人嗎？」

店主人繼續問著。

「我是要來長住的……」

高予潔喝了口可樂道。

在對方略顯詫異的表情下，高予潔遞上了一張上有祖母屋宅住址的紙條，向她探詢道：

「能否請問一下，這地址該怎樣去呢？」

「嗯，讓我瞧瞧……」

女店主先看了看紙上的英文字，然後，皺著眉頭，尋思了下……

「唔，妳一個外地人……」

「想要從我這店，走到此間屋子……」

「是有點麻煩……」

「何況，還拖著個行李呢……」

她瞟了她身旁的楓葉色的旅行箱一眼。

高予潔聽了，不免顯得有些沮喪。

「不如這樣吧……」

「我丈夫就要到家了……」

「他待會兒，要替個顧客送貨……」

「可以叫他繞一繞，送妳去要去的地方……」

女老板竟是如此出乎意料的熱心！

這讓高予潔整個人差點要高興的跳了起來……

本來，她是已打算好；要帶著自己笨重的行囊，東繞西轉，甚至，還得來個九彎十八拐甚麼的，喘噓噓，累呼呼的，才可到達目的地。

沒料到，還能如此順當！另一方面；她也暗自慶幸……

本身所具有英語溝通能力沒有出現太大的問題。

她又多跟老板娘閒扯了兩句，並另外，加購了條巧克力及一本雜誌。

要載她的人，回來了……

是個灰髮的中年男子，和她妻子一樣，有張和善的笑臉……

對能幫助到一位異國的來客這件事，也表現出極其樂意的模樣。

於是，她上了他的小貨車……

坐在駕駛座旁……

他介紹他叫漢斯，老婆喚作露比，高予潔則是向對方說了自己的英文名字──Kelly。

當漢斯知道她是來自臺灣，便好似要盡地主之誼般，闊論起當地的一切來……

高予潔當然也就禮貌性的回應；講述了一些臺灣的風景區，特產之類的……

對方含笑地聽完這些後，突然就冒出一句：

「待會兒，妳就去到個極不尋常地方，Kelly。」

他用了「unusual」這個形容詞。

「unusual？」

她嘴裡不禁就跟著重覆著這個字一遍，顯出頗爲吃驚的模樣。

「是呵……」

漢斯穩鍊地握著方向盤，很肯定的說道。

「那所宅子，是這小鄉鎮附近，最豪華的建築物了……」

「但，卻也是最神祕難解……」

聽到漢斯來上這樣一說，高予潔不覺地微愣了下。

「這兒，從未曾有人，眞正清楚過它的歷史，這華屋還眞有點像是憑空冒出來似的……」

「到底它是何人所建？」

「又是甚麼時候造的？」

「嗯，大家可都是面面相覷，沒答案的……」

漢斯自顧自的說著。

高予潔則是有些茫然的瞪著前方。

「更怪的是……」

「這麼好的一棟宅子……」

「卻不見有甚麼人搬進去過……」

漢斯滔滔不絕地訴說著。

似乎整個人都已經被提起種說故事的興趣。

「久而久之……」

「這兒的居民，對那房子產生了種特異的心態……」

「好談論，愛猜測它……」

「然而，卻又有些避諱……」

「或者，也可以說是……」

「是帶點畏懼性的，不願去接近那棟宅第……」

漢斯講到此，對著高予潔，難免就透出了幾分尷尬。

高予潔本人聽了這些，倒沒作出甚麼太大的反應。

但內心也總難免起了那麼點動蕩；

「如果，照漢斯所說此種情況……」

「祖母的房子，在中國人的傳統觀念中；很可能就會被歸類爲，是風水欠佳，住進去的人，難以興旺的那種地方……」

不過，終究，高予潔還是不會去逃避入主這房的事實。

她年紀小小的，就必需獨立生活……

所以，早已學會甚麼都要自己拿主意，不能受任何道聽塗說的影響，一切都得等結果出來才能算數的個性。

「後來，居然有一名東方女士搬入了……」

漢斯固然明白自己的話會引起對方些許的不快……但，又覺得，既然提起了，似乎就有必要去依照自己的所知，對這臺灣姑娘來個完整說明。

「那女的年紀很大了……」

「但，看上去，卻十分強勢……」

「臉部線條堅硬，一對眼睛精明自信……」

漢斯一手握著方向盤，另一手還劃過自己的臉龐及眼部，以手勢來加強話語的力量。

高予潔聽著漢斯這番英腔英調的英文，而非臺灣慣用的美語，還真有點吃力及不太習慣……

但，大致上，還能抓得到意思……

她想，照他的形容，那女子該就是自己的祖母了。

整整衣衫上的皺褶後，她重新集中精神，十分留意的繼續聽下去……

「所以，她合該是甚麼公司女主管之流的才是……」

「這女的偶爾也會上我們店裡，來買買東西……」

「態度雖然算客氣，但卻不熱絡……」

漢斯輕晃了下腦袋。

「而她，平時，也不愛和這鎮裡的居民打交道……」

「這兒從也沒半個人真正懂過這位外來的女客……」

「但，有一次……」

講到此，漢斯就來了個抿抿嘴，揚揚眉的表情，似乎打算先在高予潔面前故佈疑陣下……

「我恰巧開車經過那屋子……」

「當時，時令是七月天……」

「在此地，天氣已變得相當熱了……」

「那女的從屋裡走了出來……」

「那身形卻好似……」

「嗯……」

「凍得發抖，另外……」

「還顯出了十足慌亂，害怕的樣子……」

這次，高予潔算是眞被「驚」到了！

眾口傳說中的祖母，都是鐵腕女霸主的形象，處理起事情來，向來鎮定自若，有條不紊的……

「慌亂」「害怕」——那是別人看到她，才會有的表情，這會兒怎麼是她自個兒來著……
初夏的日子，居然凍得發抖？她該不是得了甚麼病吧？
「過沒幾天，也就沒見到她了……」
「人搬走了——房子也就這麼一直給空著了……」
他說到此，車子已駛到了訂貨的住戶……
漢斯把東西交給了那家人後，便往那屋子開去……
經過幾條曲折的小道路，貨車駛進了個密密的樹林中……
繞過重重的深綠木叢，車子在一間藍色的大宅前停下……
「呀，是天空色的呢！」
一到了目的地，高予潔便迫不及躦出車來，打量起眼前的新居來。
預想中；此種老英格蘭宅第外觀該漆成暗磚紅或是深咖啡的色調……
沒料著，竟是用了這番如此明亮又有朝氣的顏色……
她眞誠地向漢斯道謝，並付了一點小錢予他。
高予潔十分慶幸；看這沿途的情況，還虧得有人願意載，要不然，自己實在沒啥把握是不是能摸到這兒來……
在她進屋前，漢斯又熱心地向她描述了下附近地理環境……
並同時給了她住家及雜貨店的電話——表示有事，可以隨時找他們夫妻倆。

一股暖意注入了高予潔的體內……

但隨即，卻又不禁微妙地一笑……

因爲，自始至終，漢斯都沒問及她與這房子的關係……

目送漢斯的車子離去後……

她對著這如一隻藍色巨獸般蹲立在那兒的英式古宅……

深吸了口氣……

有股奇妙的情緒自心底昇起……

她感到自己不僅進入間古屋居住，還會將要從事場未知的冒險！

高予潔放下行囊，從提包中摸出了她從律師那兒取到的一大串這屋的鑰匙……

抽出其中的第一支……

打開了那扇厚重的英式大門……

隨即，她便人同行李，立在一個古典的，繁麗的大客廳中……

枝型華燈，長長落地鐘，壁爐，深紅色軟緞椅子……

密密擠著——物品是都有點沉舊了，置放方式的也略顯零亂……

她繼續往裡頭探去……

發現其中還有餐室，書房，歇息小間，廚房，地下儲物倉這些……

接著，她又急速速地提著旅行箱，踏上樓梯，砰砰怦怦的，就直奔二樓……

樓上，整整有八個臥室，全都包有衛浴……

她逐一巡視……

每間的風格，色調均各異……

有裝潢簡約的，也有擺飾多多的……

女性化的房間，就裝一付白底，紅碎花的窗簾，擺張小巧的妝台……

陽剛點的，傢俬就來個棕木顏色，牆上再掛些槍枝，斧頭甚麼的，壯壯聲勢……

她一直走至盡頭的那間……

它竟然是上了鎖的！

高予潔把那堆房鑰匙的每支都拿來試著開開看……

然而，全屬徒然！

她終於肯定了此房是屬於這屋的一間「封閉密室」！

但，頃刻間，她就甩開了對它的那番困惑思維……

因爲，經過了如此長途飛行及多時跋涉……

一靜下來，就會發覺自己著實是累斃了！

於是，她按著心意，揀了間粉紅臥室進入……

然後，隨手將行李一擺……

連衣服都沒換，就往那張有四角柱的大床躺去……

身軀摩娑著那柔軟的床墊……

整個人變得分外慵懶起來……

高予潔密密地闔起了雙眼……

一忽兒，便沉沉睡去……

一覺醒來……

看看床頭櫃旁邊時鐘指著時間是八點過五分……原來，她竟已睡了十多個鐘頭……

高予潔起身後，便開始一連串的「必需」動作……

盥洗，沐浴，整理行囊……

把一些，從臺灣帶來的，瑣碎日用雜物在房中擺置起來，並將衣服一件件掛起……

她的人不斷地在走動著……腦子卻彷彿被甚麼給沉甸甸的壓住了……

這房子……有著她根本夢想難及的寬大與堂皇……

若是在以前，對她這種階層的人，別說是要搬進去這樣的一座宅第了，幾乎，連觸及都不可能……

如今，她不僅是真正地入住了一棟超級華屋，而且，是單獨一人，另外，竟還能實權的去擁有它哩！

事情已做得差不多了，她在妝台邊坐了下來……

拿起把雕花木梳，她慢慢地梳理著自己那頭半長不短的頭髮，想著：

昨晚，她入眠極深……

沒有輾轉反輙，也沒有惡夢連連……

但，在這深眠狀態的底層，卻又一直隱隱的感到：

她所身處的這間大屋中，有某種不尋常的存在，深藏其中……非質量，屬於更遙遠時空……

在英國本地，現在已是入秋時分，所以，她裹了著層薄被酣睡……

但卻仍覺得有絲絲寒意入侵……

而這起寒意，卻不似由於季節時令所致，反而，更像是由這所房子本身所發出……

這屋子到底有甚麼呢？

她托著腮……

憶起了漢斯的話……

祖母在熱天，竟會有冷得發抖，害怕的表情，是她自個兒身體不適？還是這屋讓她怎麼了？

環視著自己所在的粉紅色臥房——甜甜柔柔的女娃兒格調，絕不像是祖母會中意的 style……

這女漢子的臥房該是更威嚴，更有氣派才對……

那會不會就是上了鎖的那間？

也不知道以後能否有機會打開它？

一窺其究竟呢？

讓腦子隨意地轉了那麼會，高予潔卻有點發悶了……

於是，她站起身來，準備出去走走……消散消散心情……

順便，也來熟悉一下這個小村鎮。

照著漢斯昨日給予的指示……

她直直穿過房子前面那座樹林……

然後，看到了條馬路後，便接著往右一拐……

再徒步個約二十幾分鐘……

便望見了個半仿清眞寺的灰紅色建築……

走近後，發現到了它的入口處有著『blueberry mall』的字樣……

這就是漢斯跟她提到過，在這鎮上，僅有的那麼一間商場！

進到裡頭，高予潔便開始無拘無束，自由自在的閒逛了起來……

嗯……門右方就有間小小的超市……

不過，賣得都是英國食品，沒有中國味的……

看來，還得花上段時間，來調整調整自己的飲食習慣才行……

高予潔接連探索下去……

發現這 mall 裡頭，還設有銀行，旅行社，電器行，賣鞋和衣飾的，文具禮品間，雜貨鋪，及速食部門等……

不過，妙的是，一旦，穿出它的後門後……

看到的並非馬路，而是條狹長的巷子！

在這小胡同上，卻有著數家挺別緻的小鋪子……

有賣造型特異糖果的；故意將糖子變成草繩，鈴鐺，或作成高跟鞋，帽子及貓狗樣子……繽紛的在櫃內展示著！

高予潔像回復到孩提時代一般，眼光熱切地盯了糖果店的櫥窗一下。

緊鄰它的是是間古玩店……

透過外頭的玻璃大窗，可以瞧見裡面擺了陶瓷玩偶，歌劇望遠鏡，嘉年華會面具這些物品……

咦，居然還有個中國式的淨瓶呢……

瓶上頭是幅穿桃紅古裝的仕女圖像！

這讓她萌生出一股親切感。

最後……

她卻選擇了一家租書鋪進入……

鋪裡置了不少臺灣書店沒供應，原文歐洲童話故事集……

高予潔順手翻了幾本……覺得很有意思。

難得的是，竟還發現到了中國古典小說「聊齋誌異」的英譯本……

可是，當她看到了這譯本的插圖時……

卻忍不住發笑了……

許多歐洲人就是這樣……

中國人和日本人老是傻傻地，分不清楚……

這中國的書裡頭，竟然有個梳日式髮髻，穿和服女子的畫像！

然而，一瞬間，她的目光又被另一本放在櫃台上的精裝書給吸了過去……

她放下那冊「聊齋」……

走至櫃台前……

「對不起……」

「可以讓我見識一下它嗎？」

她指了指書，對立在一旁，像是租了這書一位黃種男子用英語禮貌地詢問道。

那男子微笑地，向她作了個「請便」的手勢。

深紅色的書封，上頭有著些醒目英文字：

The original of Colster

by

Lisa Brown

是本講關於她目前所處鄉鎮起源的書……

這簡直是爲現時的自己所專設的嘛！

「如果，這位先生閱讀完畢，把書拿來還時……」

「請務必馬上通知我……」

「我也想租……」

高予潔望了望那位男士，有點發急的對站在櫃台後的書鋪老板娘表示著。

「小姐，妳也是中國人，對吧？」

當她正要對那女老板報自己連絡電話時，男的突然用國語地如此問。

她點點頭。

「那，不如這樣吧……」

「妳先拿去看……」

「閱讀完後，再交回給我就行了……」

那人居然對她釋放出這樣的一番善意來。

「我是這兒的常客，跟老板很熟……」

「她不會介意我這麼做的……」

他瞄了一直含笑望著他們倆的女店東一眼。

「但，這怎麼好意思呢……」

高予潔嘴上這般應著；心裡卻是完全不想拒絕。

「那，由我來付租金好了……」

她慌忙的打開包包。

「多餘的……」

「我都已給在先了……」

他堅持不肯。

隨即，便把書塞進了高予潔手中。

她和他一起走出了這家名為「peak」的租書屋。

他介紹他自己叫紀鵬宇……

現時，是在這兒的大學作語言學方面的研究……

而在這之前，他卻已經在大陸的師範學校教了好幾年書……

「真佩服你們這些鑽研高等學術的……」

她自然地客套了下，亦報上自己的姓名。「你可以叫我予潔，或者我的英文名『Kelly』都行……」

「我就住在樹林那棟屋子裡……」

高予潔說著，眼光不覺地對著往林子的方向。

「那可是座『昂貴』的城堡呀！」

紀鵬宇輕揚了下眉道。

「是祖母贈予我的遺產……」

她淡淡地說著。

紀鵬宇不自禁地打量了眼前這位年輕女性一番……

想她的身世該是有點來頭的，但大概是初到異國，又孤零零的一人……

眼底眉間，流露些許的陰鬱……

臉色亦顯得有點暗沉。

「我就住在大學研究部的宿舍……」

他有心鼓舞鼓舞她。

「妳來還書時，可以順道去校園走走……」

「那兒空氣滿好的……」

「還設了個人造湖，水很清澈……」

「上頭有雙黑白二色的天鵝在那邊悠遊……」

「湖正巧是對著圖書館七樓的窗戶……」

「所以，師生們都習慣把那樓靠窗的座位當成了個休憩茶座似的……」

「有景觀可賞……」

「大家也就不把上圖書館這檔事兒看得如此枯燥無味了。」

紀鵬宇起勁地在那兒形容著。

「很有意境的學府環境呀……」

高予潔笑笑的回應道。

「如果，妳不介意的話……」

他小心翼翼的提著。

「我還可以找些亞洲地區的學生，介紹妳認識……」

「一點也不介意……」

高予潔臉上閃動著光芒。

「我喜歡熱鬧……」

「交些外國朋友，多了解了解別的地方的風土人情……」

「也可算是調解心情的一帖良藥哩！」

她倒是自己先說出來了。

「那敢情好……」

紀鵬宇嘴角露出了抹和煦的微笑道。

「妳只要走出樹林……」

「往跟到 mall 相反的方向，走個幾分鐘……」

「便可以看到座教堂……」
「而大學本部就正在教堂後頭……」
「這鎮就有這等好處……」
「才那麼丁點兒大……」
「不管你怎樣轉來兜去……」
「都不會迷路的……」
紀鵬宇會如此說，自是想讓高予潔這位「異鄉客」消除點對新環境緊張不安感……
而，高予潔呢？也會意似地，點頭輕笑了下。
「這會兒，我得到火車站搭車到倫敦辦事去了……」
「妳自個兒多保重呵！」
他朝她揮了揮手。
「謝謝你的書……」
她揚揚手上那本書。
紀鵬宇不以爲然笑笑，再度對她擺擺手……才轉身離去。
高予潔卻不禁對他高挺的背影凝視了會……
這紀鵬宇，雖說是個教書的，但人倒也是氣宇軒昂，樂觀蓬勃……一點都不顯得酸腐或閉塞。
不經意的，跟他「消磨」了這下下……

自己竟也提昇出了一股熱力來……

對於待在這小鎮的未來，產生了某種「期待」！

他不知能不能算是生命中的一個貴人呢？

她隨想著……

懷抱那本「小鎮的起源」……

慢慢地蕩回了自己的住處。

到家後，她卻赫然發現到……

有位工作服打扮的中年東方男子，正在那邊整理花園……

高予潔一走近，他隨即抬起頭，對她露齒一笑……

「是高予潔小姐吧？」

他操著廣東腔的國語道。

「我叫何賓……」

「每星期一次，固定來這兒整理花木……」

「妳祖母錢女士住這房時，就僱了我……」

「她搬走後……」

「我卻仍然繼續工作著……」

何賓拿出面紙巾擦擦額上的汗水，臉上表現出一付不懈怠的神情。

「後來，我知道她孫女兒將會住進來時……」「心理就覺得踏實多了……」

「因爲，以後，就不會老感到只『伺候』這些不能說話的花花草草……」

「而是可以眞眞正正去再爲一個活生生的人『服務』……」

何賓若有所思的瞧了瞧花圃，又溜了高予潔一眼，幽默的說著。

「噢……」

這時，她這才特別留意到屋子四週……如茵綠草坪，修得齊齊整整的……碗口大的白玫瑰，團團的紫色繡球花，黃菊，木槿……儘在那邊，爭先恐後，競相怒放的……看這園子的光景，還著實很難相信宅子已有段時間無人入住了呢！

「何先生，勞你費心了……」

「不過……」

高予潔有點語塞，面孔也微微地在發熱。

「我可能沒辦法長期請人來打理花園……」

雖然，祖母留有錢予她，但，以這房子的規模，維持起來，卻負擔不輕哩，她並不願再僱名，對她來說，算是有些奢侈多餘的花匠，來「捉襟見肘」。

「妳放心吧，小姐……」

「我都是向錢姿曼基金會支薪的……」

見著高予潔臉色不覺地就舒緩了起來。

何賓也就興致勃勃地再繼續說下去：

「有個好花園，人都變得爽淨多了……」

「想種些甚麼特別中意的花草……」

「或者，有某些地方需要加強改進的……」

「儘管可以跟我說啦……」

他倒是挺謙虛的。

「嗯，暫時沒有……」

高予潔將四週環顧了一番……

然後，將眼光停駐在這位所謂「花木管理者」的身上……

「何先生，你該不僅僅是個『園藝家』而已吧？」

她格外留意自己的措詞。

之所以如此問，因爲，此刻映在高予潔眼底的何賓……

除了「泥土味」外，還有股知識內蘊的風華……

更甚的是……

他還另帶著番出塵的，仿若不屬於這地域人間的「孤異性」！

「呵，這年頭呀……」

「不管你是幹那行的……」

「總得想辦法弄點學歷才行……」

李賓拿了條乾淨的布，揩了揩手。似乎在意味著；他想暫停下工作，來和他的新主人聊上那麼一會兒……

「我二十歲時，便跟我的家人從香港移民到這日不落國來……」

「隨後，就進了倫敦的大學，修習金融……」

高予潔查覺到對方說到此時，臉上現出的，竟是一絲的迷惘。

「畢業後……」

「去銀行上班，到餐館管管賬……」

「耗個幾年，便發膩了……」

他聳聳肩。

「於是，跑來玩花弄草……」

「半消遣半工作的……」

「幽幽恍恍，湊合著過……」

「一事無成……」

「但，瞬時間，人也就這麼的過半百了……」

何賓有些欷嘘道。

「一事無成？怎會呢？」

「你自己也看到了……」

「這園子美成這付德性……」

高予潔倒是眞從內心掏出這番話，無半點虛假。

「誒……」

「但，在這園藝之外，我卻還有些其它的……」

他變得有點嚴肅的在說。

「老是在錢堆裡打轉……」

「雖只算是過路財神吧……」

「也嫌自己銅臭……」

何賓莫可奈何的笑笑。

「住的地方，香港，倫敦……」

「全都是人慾高漲的大城市……」

「於是，我就變得很想接觸到一些遠離世俗的東西……」

他遙望著天邊，露出了某種嚮往。

「陸陸續續的……」

「我接觸了神佛論，勘輿風水……」

「甚而，宇宙，星象之學……」

這時，高予潔總算明白了……

那就是爲何她有會感受到從這人的身上有種出塵的「孤異性」的原因。

「可以分享心得嗎？」

她配合性的發問。

「這……我可要老實跟小姐妳說了……」

何賓帶著某種困惑性的回答道。

「這些形而上學………」

「不是金銀鈔票，也非花草樹木……」

「握不住，也抓不著……」

「無邊無際……」

「至今爲止……」

「我也沒發現到過……」

他頓了頓。

「有任何種可靠的理論或公式能去完整支撐這些觀念性的東西……」

「純粹是……」

何賓指了指自己心臟的位置。

「拿這些，作爲心靈的滋養劑罷了。」

高予潔聽了，有些吃驚。

但，亦隨即接口道：

「物質抑或精神，眞實還是虛幻……」

「很多時候，是很難分得清的……

不自覺地，她的眉宇間竟也透出些許的疑惑。

「一件衣裳……」

「是實實在在地布料所製造……」

「但，它樣式，花色的形成……」

「不也是藝術設計精神的表現嗎？」

「網際網路，電腦遊戲……」

「都是虛擬的……」

「可是，卻充塞在現代人類生活裡……」「並且，全然接軌於現實中……」

「甚而，還會讓人上癮，沉溺其中哩……」

她滔滔不絕地說著。

「這回，你是這般認爲；所學非實……」

「但，搞不好……」

高予潔正色的對著何賓說道。

「某天，現實中會發生甚麼不可思議的事情……」

「讓你能把在這些玄學方面知識給一股腦兒發揮出來！」

「我也這麼盼著呢……」

何賓釋然的笑笑。

「那……不打擾你工作了。」

高予潔向何賓點點頭。

悄悄地走進了那座對她來說，仍有些陌生不慣，且似乎是暗藏玄機的「巨宅」。

接下來，高予潔便過了幾天「閉關自守」的日子……

從商場的超市揹來大批的速簡食品……馬馬虎虎吃著……

然後，把全付精神都放在研究這屋子上頭……

還有，那本講關於這鎮源頭的書籍……

不時地，她就像名探子，要搵線索似的，在那邊仔仔細細，小心謹慎地「搜羅」著自己的住處……

些微刮痕，丁點兒的污漬——她都會分外去留意……

至於，那間「封閉」房間……

其實，也是可以在外頭找個工匠，讓他直接就把門給破壞了……進入其間……

然而，她卻沒意願這樣做……

「時候未到」，高予潔是這般認爲著……

她深信：要等機緣成熟……

「祕室」自會開啓！

而在這時刻到臨前……

卻必須做足功課——好好地，深入了解目前所處的小鎮及這屋子……

嗯哈，現在的她，還眞可自許爲一個專一用功的好學生！

她踏入了儲物室……

而本來存在此屋中那股殊異的涼氣……

在這冷僻的一角……

就更顯得突出了……

不過，對此刻的高予潔而言……

卻已是用另番觀點來對待這現象……

反正，也凍不死人的……

而且，讓皮膚有了那麼點涼颼颼的，微顫的感覺……

人也較精神些……

熱——反倒是會感到懶洋洋的……

除了這鎮這屋外，她也想懂自己的祖母錢姿曼多些……

雖然，祖孫是從未謀面……

自己對這位隔了一代的直系血親……

也未有甚麼深切的感情……

可是，在她往生後，自己竟會得到一份如此「特別」的贈禮……所以……

「祖母爲何要這麼做呢？」

這個疑問始終在高予潔心中盤旋著。

或許，她可以透過這屋裡所堆的舊物品……

知曉祖母住這兒時的一些情況……

進而，能推衍出她的某種想法也說不定。

她對室裡的物品一樣一樣，耐心的檢視著……

舊窗簾布，稍稍有點裂縫的瓷盤，略爲破損的檯燈，小茶几……

這些東西是只屬於祖母一人的，還是有他人的在其中呢？

應該大部分都還是她的吧？

那，祖母雖是個財主，但和一般大眾心理沒啥兩樣……

總以爲，被卸下的一些家居物……

不要馬上丟棄，可以後備，因爲，說不準，甚麼時候，還得搬出來「塡用」下也未可知……

然而，一天又一天，一年復一年的……

日子久了，別說再去關照這些舊東西了，就是，連看也不會再看，甚至，將它們完全自生活中遺忘……

她有些憐憫的望著這些儲藏物……

物也像人一樣；缺乏照管，就會顯得孤零零的，沒有生氣……

高予潔有些感慨……

咦，室內的角落，怎麼會立了塊大理石板呢？

但，走近前一看……

才發現到那只是個做成此種石樣的紙盒罷了。

照這盒的外觀，高予潔猜想；裡頭，該是擺放個甚麼裝飾物之類的吧？

誰知，一打開，竟是個輕巧的靛青色布包置在其中……

極一般的，購物用的袋子……

但，別出心裁的……

在袋面有個醒目的圖案——這座房子的完整外觀！

房子的藍顏色，襯著相同色系的靛青布料——呈現了殊異的調合性！
此物該是祖母特地請人訂製的……
製這只袋子，僅僅爲了追求種趣味？
抑或有甚麼其他的必須理由呢？
高予潔斷定該爲後者……
於是，她極其用心把這袋子裡裡外外，上上下下都該檢查了一遍……
簡簡單單的一個容物……連拉鍊都沒有。
只有袋內，有另外縫置了的方型大口袋——口袋裡也是空空如也……
整個袋體皆無啥出奇處……
令人有些費解……
高予潔還試著提了提這布袋子——竟滿合手的！或許，那天，自己逛街買東西，也可帶著用……
但，當她目光再次落在那袋上的房子圖案時……
卻即刻打消了此念頭……
她多少意識得到……
自己一個年紀輕輕的女子，竟能單獨坐擁一間華廈……
總會有那麼點惹人忌的……

如果，再拿個有這房子樣式的袋子出門……

就更招搖了！

於是，把這布袋重新裝盒後……

帶回自己的房間，收納在櫃子裡頭。

接著，她便走進廚房……

從冰箱裡拿出一罐冷凍的 scone 麵包……

打開來，解凍後……放在烤爐熱了一下……

甚至懶得再煎個蛋……

麵包塗上奶油果醬……就那麼將就著果腹。

她另外泡了杯茶……

拿著裝麵包的圓盤及杯子，在客廳的沙發椅上坐了下來……

翻開「那本書」——自得地邊看邊吃……

一個多鐘頭後……

高予潔卻已從原先的興致昂然轉爲了頹喪失望……

她本想從書裡，看能不能發現到有關於這屋子的資料……

要不，有些微的影子也好……

但，書中文字，圖片儘是在提這鎮有出了某些名人，辦了那種慶典活動，曾經有過及現存的景點，店子之類的……

「小鎮的起源」？

這名不妨換作爲「小鎮的介紹與推廣」，可能還更恰當些呢！

高予潔闔上了書本……

也許是自個兒太一廂情願了些……

總認爲；這屋子該是這地方數一數二的建築……

且是具有歷史性的……

那，既然，出了這麼樣一本專門談「Colster」的書……

無論怎樣，都該會提到那麼點兒吧？

沒想到，一字半句也沒……

這作者還眞不夠意思哩！

她隨即一股衝動的往書房走去……

「搞不好，那兒才能覓得自己所需……」

高予潔如此希望著。

收拾得井然有序，光線充足的圖書間……

排列在架上儘是些商業管理及航運的書籍……

中，英文皆備……

而其中也夾雜了些世界名著「簡愛」，「咆哮山莊」，「罪與罰」之類……

及幾冊中國的古文詩詞集……

但，此種的文學書，該是裝點性質的吧？

因爲，比起那批商用專書，它們看上去，顯然是新了許多……

好似沒被閱讀過般……

而祖母也不像是會醉心在文學世界的人……

她是獨斷橫行的「鐵娘子」……

沒那麼多愁善感的。

她順手翻了翻幾本書後……

便在書桌前坐了下來……

而當正想拉開桌子的抽屜，一探究竟時……

腳卻不經意踢著了桌底的某樣物體……

高予潔把東西從腳底拖出來……

定睛一瞧……

竟是個手提箱！

這下子，她的精神又來了！

估想；這箱子該是裝了一堆祕密文件……

能讓自己好好地探索研究一番地！

可是，等一看到箱的內容物……

她才發現又再被開了次玩笑！

那箱並非眞的手提箱子，只是做成個此形狀的置物盒罷了。

裡頭，是一整套精雅的文具用品！

各色各樣的筆……

螺旋狀鋼筆，胖胖的圓珠筆，細長條的鉛筆……甚至還包括了；中國的古毛筆，歐洲中世紀的鵝毛筆……

另外，也置放了紙，紙鎮，墨水瓶，墨條，硯台這些用物……

排成個矩陣狀……

這一箱玩意兒，大概，也只是拿來欣賞收藏用的吧？

因爲，沒任何一項東西，有曾被使用過的痕跡。

高予潔把這些筆，墨，紙再好好地看了下……

忽地，就靈光一現……

學著外國影集那些警探的手法……

把整套文具，連同下面的絨布襯底給從盒中取出來……

於是，她發現到了……被掩蓋在這些物品下……

兩張照片！

遠跟近，不同角度的……

蕃薯紅的土堆……

其中一張的背面，有著這麼一行字：

「Colster 有著異常的土性，可以 hold 低溫，延長冷凍物的保持時間。」

讀完了此註解……

不覺地，高予潔對著照片中那如搗碎哈密瓜泥所積高的小土丘……出了會神……

她處於極端迷惑的情緒中……

但，似乎又有點明白了甚麼……

因這鎮的土質，有特別「保冷」的能耐

而屋裡是眞藏有某種「冷質」的東西，需靠這土來維持……

所以，自己老是覺得在這兒，有些冰冰寒寒的……

如果，那個「冷體」眞的存在的話，那到底是啥？

也該具有某種不可思議性，存在它本身才對……

她生出一股衝動……

明個兒，找個人把密封房間的門給拆了……

把其中的古怪找出……

這古怪會不會正就是那個預想中的「冷體」？

然而，隨即，她又便心底的另個聲音給喚住了……

「沒任何端倪徵兆，一切都未被挑明……」

「貿貿然地，去探那『最後一間』……」

「說不準，會有某種令人措手不及風波災禍發生……」

「那，還是，先暫時算了吧……」衝動止住了。

她再次研判著手中的相片……

土堆旁放有把鏟子……

會作鏟土工作，該是以男人居多，女子比較少吧？

再把相片翻面，端詳著上頭字跡……筆劃剛硬，字型略大……

這字，該是個中國……或者，該說是……懂得中文的男子所寫的……

傳達這份訊息的人，是位男性吧？

然而，推敲出這點，好像也沒得著了甚麼了解事情的關鍵……

高予潔將照片收進了書桌的抽屜……文具套組重新裝回手提箱……

再把箱子關好，放回原處……

高予潔走出書房，來到了花園……

在夜幕的覆蓋下，穿越那些花草樹影……

在最近這屋的地方……

拾起了一小撮的，在月光照射下，如相片所示……

橘紅色的土壤……

她用手指輕輕的揉搓了這所謂可以「保冷」的泥土……

唔，這土裡好像有滲進某種異物……

她仔細將「它」挑出來……

托在另個手掌心中，小小的一粒，閃著微光……

並非玻璃屑，以她手掌的所感受的溫度來說……

那是碎冰！

但你說它是冰？……

此時，觸摸起來……

竟變得有些滑軟，像果凍似的……

另外，還像水般，透著點在流動的感覺……
但，難以置信的是……
冰粒卻一點都沒變型，仍保有一般冰，堅硬的固體外觀……
這到底是一種甚麼物質呢？
從那兒來？
她不禁悚然了……
一手握著土，一手握著「冰」……
孤立在夜空下……
這次……
高予潔是從自己的背脊中……
昇起了一股寒意！

隔日下午……
高予潔本有意跑趟學校……
親自把書送還給紀鵬宇的……
怎料到，對方搶先了一步……
不是順口說說而已……

紀鵬予還眞帶了一群朋友來找她……

瞬時，原本，冷冷清清的巨屋，便即刻「樂」「活」了起來……

Mos 是來自印尼，有葡萄牙血統的帥氣男孩……

一逕露著白牙，笑嘻嘻的……

芭比則爲馬來西亞華裔，所以，能說中文……

蓬捲的長髮，明亮的美眸，活脫脫一付洋娃娃的模樣……

波莉身材圓圓的，新加坡人，外貌不出色，但，看上去，十分眞純善良……

全都是活潑而歡樂的年輕人……

大家無拘無束坐在一塊，儘情的談天說地……

「印尼的巴里島，已是太火的觀光區……」「所以，過度商業化了……」

「而變得沒啥出奇的……」

Mos 不經意地皺皺鼻子道。

「可是，它卻擁有個全世界最『酷』的酒吧ㄟ！」

他故意把聲音提高些，以期讓大家能集中注意力聆聽。

「位於 Ayana 度假區內，建在一座山崖上，正對著海面……」

「必須坐纜車下去……」

「岩石峭壁，夕陽浪花……」

「美景一網打盡！」
「如果，碰到接近黃昏的時刻……」
「那可就眞是一位難求了……」
「非得大排長龍，揮汗如雨的等候不行……」
Mos用著流暢的英語，發揮他伶俐的口才，把個「山崖酒吧」大大地，給舉薦了一番！
大家也全被唬得一愣一愣的……
「但，在它那兒……」
「卻絕對找不到半張酒食單……」
Mos故意在臉上擠出個誇張的，戲劇化的神祕表情，來增加效果。
「呃……」
這會，每個人倒都像應和了這名印尼青年的話，驚異地睜大了眼，等待接下去的答案……
「酒的種類，輕食名稱……」
「全都刻在一根根長燈管上頭……」他輕巧地作用手比出個燈管的樣子。
「然後，將它們，分別放在長型吧檯和各個獨立的桌子上……」
「『炫』呵！……」
他握拳讚美道。
「所以，這吧可是很値得一看哩！」

Mos還特意跟高予潔強調了下。

「我們那兒……」

「最近，新開幕了一家金吉酒店……」

波莉也迫不及待加入了這個「家鄉觀光宣導隊」中。

「在國外，也都大事作廣告……」

「妳在臺灣，該也聽說過吧？」

她問高予潔。

高予潔點了點頭。

「那地方呀……」

「正如其名，金光閃閃的……」

「但，我個人是認爲……」

波莉拿起了茶杯，飲了口茶……

顯出不大認同的樣子。

「這店處在高樓內，空間較狹隘……」

「不夠開闊……」

「如果，外來的遊客，想要在新加坡找個較理想的住宿旅館的話……」

「那聖陶沙的佩嘉樂酒店，會被我列爲首選……」

她推了推眼鏡，很認眞的在說著。

「建築設計採莊園式……」

「佔地遼闊，令人心情大開……」

「房間用色柔和，有英式風格……」

「住起來，相當舒服……」

波莉窸窸嗦嗦，新加坡式的國語，逗得高予潔有點想發笑了。

「如果，妳眞的要去住的話……」

「我有堂哥在那兒做事……」

「能打折……」

「還可以先叫他，關照一間好點的房間給妳……」

這獅城少女繼續熱心的介紹著。

「還是到馬來西亞來吧！」

芭比也插進來一腳。

「就直接來我家住……」

「我們家人全都很好客的……」「所以，妳不用擔心……」

「我義務嚮導……」　「去沙巴看好玩的長鼻猴，買便宜的燕窩……」

「到民俗村，嘗試原住民刺激的彈跳運動……」「吃竹筒飯……」

「那筒子上面，還能刻上自己的名字呢！」

「村子是道地仿古的……」

「建在一座叢林中……」

「我們不妨特地挑晚上的時間去……」

「在黑夜中的森林，竄來竄去……」

「哇塞，還眞亂刺激一把的！」

芭比的大眼睛一眨一眨的，說著和自己外型不太相襯的話。

高予潔一直微笑聆聽著這三人的presntation。

「竹筒飯在臺灣也有啊！」

她暗地想著。

但她並不會在這樣場合，把此話說出口……

就給人維持住一份對自己國家「殊異性」的所產生的「優越感」吧！

這些乍識的國外留學生，是如此眞切，積極地邀她到他們家鄉去作客……

高予潔心底暖烘烘的……

不過，大概，他們也全都挺想家，才會有此表現。

而，她這個當主人的呢？……

自是發揮了高度的熱情……

把個臺灣帶來的甚麼瓜子，蜜餞，鳳梨酥……

全給搬出來了……

英國的伯爵茶，臺灣的高山茶，冰的果子汁……

一樣也沒少……

吃的，喝的齊齊全全，琳瑯滿目地佈滿了一桌子……

另外，高予潔也呼籲大家不要拘束……

就把這屋當成自己的地方……

隨意走走逛逛……

「先生，要來點伯爵茶嗎？」

高予潔拿了杯茶，對個一直獨處一隅，默不作聲的男子，用英語問道。

跟大夥兒來的，還有一位……

理著平頭，個子瘦瘦小小的東方青年……

他不說話，不與大家飲食談天……

就這般孤坐著……

彷若全然閉鎖在自己的境界裡……

無論怎樣……

身爲主人，就不該冷落任何一位來客。於是，她主動趨上前去招呼他。

「不必了，我不渴。」

他回絕了，用的是國語。

「噢……」

「那可不可以知道你的名字？」

高予潔也改用中國話，客氣的問著。

「江明生。」

「你打那兒來？」

她繼續和這位江明生寒暄著，想這人的國語帶了點，在她聽起來，有些怪怪的，不知出自啥地方腔調。

「Macau。」

「曼谷？」

「不，是澳門……」

江明生面不改色，聲音平平的糾正高予潔道。

「眞抱歉……」

「我從不知道……」

「澳門的英文是叫 Macau……」她有點赧顏。

「這也難怪……」

「Macau這英文名，是從澳門的舊名『媽閣』翻過來的……」

「曉得澳門這個另外名稱的人，都已算不多了……」

「怎料得著……它的英文，竟還是這老名字的譯音……」

江明生向高予潔解釋道。

但，態度仍是那般淡漠，不太帶勁。

「你在學校主修什麼？」

高予潔繼續追問著他。

「這個酷哥呀……」

在一旁的芭比居然搶先發聲了。

「與眾不同……」

「我們都是學商呀，文的……」

「他卻偏偏攻化學……」

「所以，就得了個綽號……」

「叫『不唸書的學生』！」

「不唸書的學生？」

高予潔不甚明瞭它的意思。

「就是說……」

波莉接下去補充道。「他都只要在實驗室作實驗就可以了……」

「不像我們，還得一天到晚的翻書，來寫報告和應付考試……」

「原來如此……」

高予潔笑了起來。

「關於這點呀……」

紀鵬宇也按耐不住的要參予意見。

「我可是要額外的、鄭重地、好好的、補充說明一下……」

他故意將話一頓一頓的，令人聽起來，頗有種喜劇效果。

「這『不唸書的學生』，也堪稱爲『最超值的學生』……」

「教授們也全都這般認爲著……」

他投給了江明生理解，欣賞性的一瞥。

「博士班的課程，本來就已經夠煩，夠累，夠雜的啦……」

「呵，那知，這小伙子呀……」

「還要另行研究些奇奇怪怪，沒人知道的物質……」「所以……」

「也許，說不準……」

「就有那麼一天……」

「明生還眞成了個『愛因斯坦第二』……」

「開創出理化界的新紀元呢……」

紀鵬宇用著半開玩笑，半期許的語氣，搥了江明生一下。

「那些奇奇怪怪，沒人知道的物質，是甚麼呀？」

雖然，高予潔覺得自己問這問題，似乎顯得很不聰明，但，卻還是忍不住向這位『愛因斯坦第二』開口道。

「如果，能具體說出那到底是什麼？……」

「也用不著，耗那麼多的心血精神去研究了……」

他不太熱衷的回應。

「他這般答法，是出於眞相？……」

「還是，他認爲，即使他再怎樣用力去解釋，也不是我這個非他行道的人，所能搞懂的……」

「所以，乾脆，來個『有答』等於『沒答』也就算了……」

高予潔不由得在內心這般揣測道。

於是，她再望望這個所謂「不唸書」又「超値」化學科的博士生……

即使，剛才，大家拿他當「話題」繞了一會兒……

他卻仍然一直不動聲色，毫無任何些微的表情動作產生……

甚至於，連眼皮也沒動一下……

看樣子，這人是要「閉關自守」到底了！

大家連吃帶說地……「嘴部運動」已告一段落……

便另找些其他的事來做做……

看DVD，打電動，玩牌啦……

除了江明生外……

四人皆笑鬧成一團……

高予潔悄悄地走近正在玩『接龍』的紀鵬宇的身邊……

「嘿………」

「千萬別謝我……」

他放下牌，舉起雙手，誇張的作了投降般的手勢。

「人與人之間，能滋生出良好的感覺……」

「是要靠彼此努力營造，而再相互感染的……」

「我們把活潑熱鬧帶來這……」

他的眼光輕輕掠了過高予潔。

完全體會出；一位獨身女孩，遠到異國，不管她本身底子有多強硬……總還是會對新環境有些徬徨，難以適應，這時，心情，相對的，就變得分外孤寂起來，如果，能多找人跟她在一塊，這種心情就能改善多多。

「而妳呢？……」

「是那樣，竭盡所能……」

「不遺餘力的，招待大伙兒……」

「咱這票人……」

「說實在的……」

他認眞地看著她。

「到這U.K來……」

「還沒甚麼人，對我們這樣好的……」

紀鵬宇向高予潔微微頷首道。

高予潔則被說得有點不好意思……對著紀鵬宇，便不覺的稍稍地側了側面……

「這人還滿會哄人的……」「嘴挺甜的呢！」

紀鵬宇，Mos，芭比，波莉……

繼續在那邊玩「接龍」大比拼……

不斷的笑鬧聲，驚叫聲……

充塞著整個客廳……幾乎要震徹屋頂了！

過去，高予潔從沒接觸過留學生的圈子……

多虧這所房子……

方能成就了此番機緣……

這三男兩女的來訪……

爲自身和這所沉寂的大宅……

捎來了光與熱……

存在屋中的寒氣……

似乎也沒那般深重了。

她把目光從那「牌興高漲」的「四人幫」移開……再次落在那個仍在「劃地自限」的江明生身上……

他似乎有點在「動」了……

頭昂了起來，對著這屋子的樓梯右邊凝思著……

眼睛像是向著樓上最後一間「封閉密室」的方向……

他是知道那個打不開的房間的嗎？……

它裡頭會有甚麼，是他想要探知的？

但，也許……

他也不過就是無意識伸伸腦袋，眼神恰巧落在某個點上罷了……

心中想的卻完完全全是旁的事……

她本人也曾經這樣過……

於是，高予潔飲了口阿里山玉露茶來潤潤喉，舒展一下四肢……

自我提醒道：別再自尋煩惱，費神研究這個姓江的「化學怪胎」了……

可是，這怪胎剛才的那付形容……

卻又喚起心頭那份對這屋子潛藏的不安……

昨夜，在花園裡……

握著那粒從土中揀出……

非常態性，軟質，又有點會動的碎冰時……

所起的寒意……

似乎又自背脊再度竄起！

接下來的日子……

高予潔便加入了這個由紀鵬宇帶頭的小團體……

跟著他們……

幾乎把這小城鎮的每一寸土地都踏遍了……

每逢周末……

這群人便會從課業裡，徹底解套……

夥著她……殺到小酒館去……

大口的灌啤酒，配英國傳統的炸魚薯條……

再天南地北的拉扯一番……

要不，就躦進這兒唯一的戲院……

觀賞觀賞那些臺灣別說是看啦，根本就聞所未聞，浪漫，大膽的歐洲電影……

他們還義務性幫她找到一家香港人開的中式雜貨店……

讓她能不時去那兒，購置些冷凍魚丸，乾麵，醬菜罐頭，蠔油，紹興酒之類的中國味……

這些東西品質都不是很佳，甚至，有時，還有點不太新鮮……

但，總算，能拿來解解鄉愁……

當然，也參觀了這些人的學校……

欣賞過紀鵬宇所提及的，有雙色天鵝游泳的湖……

還被強拉參加了一個所謂「亞洲學生之夜」的 party……

裝了一肚子的咖哩！

後來，她知道……

除了江明生在攻讀 PH.D 的課程外……

其餘的四人全是碩士班的……

英式的圖書，務求義理繁複詳盡……

所以，文句迂迴曲折，層層環繞……還眞有如迷宮一般！

讀起來，往往倍感吃力……

有時候，望見這幾人被課業給折騰得疲態百出……

她便會熱心送上些水果，冰淇淋之類的食品，或替他們捏捏頸子，按摩肩膀……來打打氣！

紀鵬宇曾這樣建議過她：

「如果，覺得日子漫長，難打發……」

「不妨，到大學來修幾門課……」

「平時，就經常聽你們，講上課的情形……」

「就好像我眞的進了研究所似的……」

「而且，還更輕鬆愉快呢。」

高予潔嘴上是這樣回著，但事實上……

她卻是另有其思緒的……

大學四年……

對她這個「孤寒幫」的學子來說……

絕非享受……

而是一連串夢魘的延續……

奔波於職場與學校之間……

上課遲到，老是挨教授白眼，已屬家常便飯……

打工時的積壓怨氣，還未完全消化……

又得睜著惺忪睡眼，猛趕作業……因為工作耽誤，考試遲到，還差點進不了考場，幾乎要延畢……

很多課外活動……露營，旅遊，球戲……她其實都極想參加……

但，考慮到時間與經濟的限制……

卻又都放棄了大半……

久而久之……

同學就認定她是孤僻，不合群……

對班上缺乏向心力……

而逐日，逐日地……

就被他們給「邊緣化」了！

這些帶有灰暗色彩的校園記憶……

使她不大有意願，再去重返「學生生涯」。

「語言學在研究甚麼？」

她曾這樣問過紀鵬宇。

「唔……」

他稍稍思索了下，才答道：

「涵蓋挺廣的……」

「包括人類語言的起源，各國語言異同比較……」

「艱澀的古代語探索……」

「當然，還要深入了解人的發聲器官和語言形成的關聯性……」

「曾有個語言學家……」

「還特地爲此……」

「去上人體解剖學的課……」

「哇，倒是挺著意的……」

她附和道。

「但是……這些都只是知識，理論……」

「課堂必備……」

紀鵬宇卻突然的語氣轉爲淡漠。

高予潔猜想；接下來，對方該是要吐出什麼更驚人的話語來才是。

「對我本人而言……」

他顯出了個篤定的眼神。

「語言就是人性！」

「在人與人之間的對話交流……」

「雖不能說彼此完全沒有那一絲的保留隱藏……」

「但總會流露出那麼點心緒……」

紀鵬宇輕撫了下鬢角。

帶些斟酌的意味。「私心，欲求，嘲諷，得意，炫耀……」

「當然，也有同情，憐憫，和遺憾……」

「所以，我有位朋友說到過……」

「語言還真是件可怕的東西……」

「會暴露一個人的弱點……」他無奈的笑笑。

「所以說，沉默是金呀。」

高予潔接口道。

「不一定非要出聲不可……」

「其實，人也能藉著別的方式來溝通……」

「像眼神，動作，文字這些……」

「圖像，音樂，也是具有此等功用……」

「可是呢……」

他輕頓了下。

「它們就無法像語言那般……」

「花俏複雜，技巧多變……」

紀鵬宇眼睛閃閃發光地注視著遠方，一付相當有感而發的樣子。

「而且，方便嘛……」

「嘴一張……」

「話就溜出來了……」

她作了個嘴巴開張的手勢。

「其它的溝通方式……」

「太費事了些！」

高予潔輕輕鬆鬆地評斷道。

而，紀鵬宇卻神色端凝，顯得有點嚴肅。

「這地球的人類呵……」

「語言的使用技巧……」「可謂登峰造極……」

「尖嘴利舌，翻雲覆雨……」

「黑的能變白，死的都可以被說得活過來……」

「『地球的人類』……」

紀鵬宇用的這詞句，不知爲何，聽在高予潔的耳裡，竟覺得有些反常。

「你是指那批政客，名嘴……」

「他們誇張了些的言論，是吧？」

她是想起了臺灣一些媒體雜誌對這類型人物經常有的批評。

「我不單是指那些需要靠賣弄口才，來吸引群眾的人……」

「而是認爲……」

「一般人……」「都已達企了這樣一個水準……」

紀鵬宇淡淡的解說著。

「我倒是覺得……」「很多時候………」

「語言流於虛幻……」

高予潔突然間，如此低低的，幽幽的表示。

「美好，甜蜜，祝福的話……」

「聽起來，順耳，舒服……但……」

「往往，和事實仍是遠遠地隔開的……」她憶起了……

父母全離開了那段時間……不足二十歲的自己……

旁邊也不乏一般鼓勵的聲音……

但怎樣，都無法揮去生活中，那股深植在內心不安，顚簸之感。

即使，現在，這種感覺，也仍然時常來襲……

「我不否認這點……」

紀鵬宇承認道。

「但，人類的語言也創立不少精湛的名句……」

「令人永誌難忘，回味無限……」

他浮起了抹意味深長的微笑道。

「例如？」

高予潔問。

「第一位踏上月球的地球人——美國太空人阿姆斯壯……」

「就曾說這樣的一句話……」

「『我的一小步，是人類的一大步！』。」

「用短短兩句，對比性的話……」

「就導出人類新紀元的情境……」

「充滿震撼力……」

「也一直爲大眾所傳頌……」舉完這個例子後……

紀鵬宇不覺地就昂起頭，望向頂上那片無盡的蒼穹宇宙……

「存在宇宙間，除了月球之外……」

「還有什麼其它存在？」

「水星？木星？火星？天王星？…………」

他的目光深深投在天空中某一方……

流露出一份專注與期待……

「以後，還眞無法預知……」

「究竟是地球會征服別的星球？」

「還是別的星球會把它給兼併了呢？」　他將目光調了回來……

然後，似自語般這樣問著。

「嗬……」高予潔呼出了口長氣。

她把手撫在胸口上，有些難以置信的嘆道。

「你這個題目太嚇人了！」

紀鵬宇聽了，笑一笑……

便不再繼續往下說了。

高予潔開始在一旁，偷偷地打量起他……

剛才……他仰望天際……

那付形容……

多像是個遊子在凝望他遠方的家鄉……充滿著依戀及歸思……

他對那片浩瀚，奧妙無限的太空宇宙……

有蘊藏了一份甚麼獨特的認識與情感嗎？

紀鵬宇也是有他的古怪處的……

其實，你，我，他，誰又沒點古怪呢？或多或少，也都做過點非理性，不合常態的事兒吧？

他走在自己旁邊……

頎長的身型，俊挺的輪廓……

步伐精神有力，談笑風生……

有時候，瞧瞧這人……

長得還有幾分像在印象中，英年早逝的父親的模樣……

而紀鵬宇的一些表現，也的確像親人一般……

會關心自己飲食冷暖，甚而，一些日常小細節……

高予潔也曾扺心自問；

對這人……

是否產生了些微的「戀父情結」？

女對男的戀意，往往就是因此而產生……

對個自小喪父，後來，母親又意外離開的人來說……

此類型情愫，應該會更容易滋生才是……

不過……

她並不打算去愛上任何人！

理由無它……

只因，父母親那段「不相襯」的戀情……

沒辦法說他們一定是做錯事……

卻就此，使親族之間產生如此深長的裂痕……

直至彼此生命消失了……　依然沒法去完整填補……

還遺下自己這個「小麻煩」……

而這小麻煩……

在無數個單打獨鬥的日子中……

多了許許多多……

如果，是有雙親呵護的小孩……

不會惹到的「大」「小」麻煩！

「像你這樣的一位男士……」

「到今天，還維持著單身……」

「似乎不見得啥道理……」

她曾如此，試探性的向紀鵬宇探問。
於是，他便向她敘述了一件往事……
以前，在內地……
他有過一位已論及婚嫁的對象……
她是個很溫良，性格相當隨和的女孩子……
所以，他們從未有衝突爭吵，也沒產生過任何分手的念頭……
更無甚麼第三者侵入……
訂了要挑婚紗的日子……
一到那天……
他卻臨時因學校有點事，給拖住了……
無法準時到達禮服店……
於是就叫未婚妻先自己去挑樣式，他隨後就到……
等到他去到那……
整個店面卻已燒成一片火海……
起因是……電線走火，搶救不及。而她也就這樣硬生生被火神給帶走了……
紀鵬宇形容事後的自己……
失魂落魄，如喪屍般的耗了大半年……「自然，這段時間也會過去……」

「終究，我還是恢復正常，振作起來了……」

「但，卻仍然無法從這感情的枷鎖中……」

「完全掙脫……」

他緩緩的，鬱鬱的訴說著。

「所以，我總認爲……」

「不會有那個女孩，能比她更好……」

「人海再怎麼遼闊……」「也無法覓到位眞正適合我的人……」他喟嘆著。

「還不免，經常的要這麼想……」

「如果……當時，一刹那間……

「我能夠對她再深情些，體貼點……」

「思及到，既然要辦結婚的事……」

「就合該兩人同行……」

「學校的事，擱置下，也無妨……」

「一人落單去選禮服，其實……」

「已隱隱的透著不祥的兆頭……」

他慨然的搖搖頭。

「如果，那天我們能一道……」

「此刻的我和她，就絕不會是形單影隻的了……」

「只是，不在這地球上舉行婚禮就是了。」

他遙望天際，又加了這麼句。

「要真這樣的話……」

「咱也就結識不了你這位友人，是吧？」

「那可是缺憾一樁ㄡ……」

高予潔討巧性的說著。

「謝謝妳……」「蒙此錯愛，不勝感激……」

他微微一笑，將手置在胸前，有幾分淘氣玩笑似地，故意對她彎了彎腰。

「天終究勝於人……」

「祂——才是世間萬物的實際操縱者……」

「所以，我看，我們人類還是得學會去順依祂才是……」

「可以減煩少憂些……」

高予潔既似是對自己說，又像在寬慰對方般的發表此理論。

「天？那是古代中國人的說法……」

紀鵬宇的眉尾，不覺的稍稍動了下，彷彿有那麼點異議。

「我比較習慣稱地球以外的世界爲『宇宙』……」

「由時間，空間，物質，能量元素所組合成的『未知』……」

「我們的所在，就被這些元素交相變動所影響的……」

「所以……」「天災，人禍，根本防不勝防……」

「因爲，宇宙太廣漠，太玄祕……」

「就算人類再費心去研究它個幾世紀……」「恐怕，也難解開這宇宙領域內的千萬分之一的謎團……」他像個科學預言家般的在斷論。

「不是在講男女之情嗎？」

「這會兒……」

「怎跳脫得這麼遠？」

「搞到甚麼『宇宙宏觀論』去了……」

高予潔偷偷地發笑。

不過，嘴上倒也沒直接就去反駁紀鵬宇。

但，兩人就這樣把話題給扯開了……

無論如何……

這紀鵬宇所帶來這群朋友……

的的確確「充實」了高予潔在這英倫島國徬徨無依的歲月……

她和他們談話投契，也玩得來……

大家相處，很舒適自在……

只除了……

這點讓高予潔十分不明白……

每次，他們這伙人聚會……

總拖著江明生這條「尾巴」……

說他是尾巴……

因爲，他從不溶入他們……

總是靜坐或單立一邊……

不吃，不喝，不玩，不鬧……

連出聲都極少極少……

還眞個兒是挺「多餘」的……

可是呢？大家都不會不邀他……

而他也皆準時到場——從未缺席過一次。

高予潔瞧著他那付孤高自賞的姿態……

心裡頭總覺得怪彆扭的……

終於，被她逮著了一個時機……

就自己和芭比，波莉，三個女孩在一塊的場合……高予潔便嚐試著，戒慎戒懼的提出了自己的一番疑問。

「這，江明生……」

她停下來，搜索著詞彙。不想一不小心，而用上了太尖利的字眼，使人生出種：這個臺灣妹，說話太苛薄，太大剌剌的印象。

「跟很多人都『不太一樣』哦……」於是，她選用了個有點模糊的說法。

「是不一樣……」

幾人中，話較多的芭比隨即接口道。

「打落牙齒和血呑……」她先來這麼一遭形容。

「他的人生比我們都坎坷多多了……」

「父親是收舊貨的……」

「媽媽耐不住窮與苦，早早跟個開卡車給私奔了去……」

「遺下他父子兩，相依爲命……」

芭比猛搖其頭的歎著。

「無可選擇的，傷心家世……」

波莉在旁同情性，輕輕地，附加上去這麼一句。

「傷心？」芭比故意叫了下。

「哼，他成長後……」

「才叫作『厄運』開始哩……」

她拉長了聲音道。

高予潔則聚精會神地，在等著芭比往下說……

「十幾歲時……」

「他就隻身過海，從澳門到香港……」

「討生活，半工半讀……」

「去幫人蓋房子……」

「從幾層樓高的鷹架摔下來……」

「幾乎喪生……」

「臉部又被碎玻璃給刮傷了……」

「縫了十幾針……」

「差點破相……」

芭比用手托著雙頰，扮出一付身臨其境的樣子。

「後來，改擺攤賣魚蛋……」

「躲警察，推著攤車，只顧沒命地，全力往前竄逃……」「根本沒去留意周遭的一切……」

「結果……旁邊的一輛小型送貨車碰了上來……」

她抿起雙唇，意味出種無奈。

「出了車禍，住進醫院……」

「躺了兩個月……」

「傷是治好了……」

「右手卻有點不若以往靈活了，以後，只能多用左手……」芭比垂下了頭，抱憾道。

高予潔微張著嘴，芭比這番對江明生的敘述，使得她有點不知如何來接話……

「所以……」

「你說他這人，要多倒霉，就有多倒霉……」

「可想而知……」

芭比將目光對準了高予潔道。

「他能到這UK來，唸P.H.D……」

「不知是經歷了多少辛酸艱難，才達成的……」

「我明白妳是怎麼想的……」

她又看了看高予潔。

「可是，與人爲友……」

「並不能單要求對方順從……」

「來只求個人的滿意快活……」

「在彼此感情交流中……」

「也該懂得尊重與容納友人們的『個別性』，對吧？」

這名娃娃型的馬來姑娘，竟然會吐出這席頗另人省思的話來……

倒令長她幾歲的高予潔頗有那麼點汗顏。

「有些事，妳並不曉得……」

波莉對著高予潔，再度發言了。

「明生，還利用了他在物理化學上非凡的知識……」

「在生活上，給了我們生活上種種的助益……」

「他會教大家……」

「買那款的燒水壺，最能省電……」

「魚類肉品……」

「該如何切，如何去片……」

「再選那種材料去包裝它們……」

「然後又得怎樣個包法，來置在冰箱中……」

「方可延長保鮮時間……」

「而，烹煮這些食材時……」

「電爐，烤箱，將要調至那種溫度……」

「才能確實地護住它們的營養成分……」

波莉稍稍停了下，會心的微微一笑。

「還有……」

「明生是個『電腦全才』……」

「認識他後……」

「我們這幾人，幾乎都沒再花過任何一筆的電腦維修費了！」

聽了這兩人妳一言，我一語地儘情描述這個「怪咖」的其它面後……高予潔是有點悄悄的被感動了！

「妳是怎會知道他這些事的啊？」

她面向芭比的問著。

「江明生就是個天生『悶蛋』沒錯……」

「但，小姐我，卻可稱得上位『套話專家』哩……」

芭比說此話時，有幾分像是得意得在邀功似的，於是，臉上便自然又恢復了她原先那番天眞的神氣。

「不厭其煩地……一遍又一遍……」

「跟他磨呀，耗的……」

「而此人的過往種種……」
「便也就這樣……」
「一字一句，滴滴涓涓的……」
「從他的嘴裡，給『漏』了出來！」
「哎……」
這女娃娃卻又不知爲啥，沒來由嘆了一聲。
「對個『悶蛋』而言……」
「他對我所吐露的……」
「已經是太多，太多……」
「難爲他了！」
最後，芭比便用此般不忍的語氣論道。
眼眶居然還濕濕的呢。

自此之後……
高予潔也就移轉至另個觀點……
來看他們這個小圈子與江明生間的關係……
大伙兒都活力過於旺盛，所以，全變得外放得厲害……嘻笑吵鬧聲從未間斷過……

來個內斂，靜態一點的……
也許，正好，「中和」一下……
或者說，是「裝點」番也行。
而她也有了另個感悟：
長期以來……
她都在怨怪自身的命運欠佳……
但，聽完芭比談過江明生的遭遇後……
就認爲……
老天爺對他比待她……
卻又要更「苛刻」些了。英國的時令，已轉入深秋……
外頭的寒意正逐漸在加濃中……
紀鵬宇教她開了屋內的 heater……
然而，那股深存在這房子裡的「冷意」……
似乎也未見稍減些……
高予潔其實已十分認定……
這股「冷」是完全來自這宅子本身……
絕對無關氣侯……

它深植於其內……揮之不去，繞之不絕！

經過這些日子……

她甚至還可以進一步感受出……

此型的「冷」……

無法歸之於是一般性的；所謂「乾冷」或是「濕冷」……

應該怎麼去形容呢？……

「滑冷」！

嗯，對，這種冷，就該如此稱之……

因爲，那感覺，便如同有顆軟冰，在肌理間滑動般……

跟那夜裡，她觸到冰粒的手感……

是極其相似的！

而當時，從背脊竄起的莫名寒意……

今日，卻已不復存在……

理由無它……

不管是這股「冷」還是那粒「冰」……

日後，都無對自己的身體或生活，造成任何的傷害及影響……

也沒引發甚麼可怖的景象……

一切均安！

此時，已近夜半……高予潔卻了無睡意……
抱著個軟軟的圓型枕墊，閒散的斜倚在沙發上……
她的眼睛在電視螢幕上流轉著……
此時，正在播映一部極老的美國片……
希區考克導演的「驚魂記」……
內容是敘述：一個盜竊錢款，逃逸的女子……
住進了家古怪的旅店……
卻被有戀母情結的變態店主所殺害的故事。
她對這部電影並不陌生……在臺灣，有發行它的DVD……
也閱讀過些關於此戲的評論……
高予潔注視著影片裡女主角——珍妮李……
正在邊享受著旅館主人爲她殷勤準備的餐點……
邊流露出種異常狡獪的神情……
絲毫都未察覺出……
殺人惡魔就近在眼前……

自身的性命即將不保……

「這就是個一般公式……」

高予潔不禁從這部「驚魂記」的情節……

連想起自身的境遇……

一位女子獨自往陌生地方……

不論怎樣，就是得被貼上個「危險」的標籤……

「閨蜜」思汶就這般擔心過自己……

後來，她在發給她的信上，卻如此提及道……

這「Colster」實在堪稱是詩人陶淵明筆下的「桃花源」……

是「盜賊不興」，而能「夜不敝戶」的。

這番說辭……

自是想讓好友，日後，就不必再時時地來擔憂自己了。

但，在內心底層……

卻對此，隱隱產生種莫名的「缺憾」感……

是的，這城鎮的每個人……

包括學生與居民……

都是這般的安詳與規矩……

謹守本分與無懈可擊！

所以，從未有啥奇事怪象……

可來製造些新聞爆點的……

因而，此地的紛爭擾亂幾乎等於零，八卦是非也極難蔓生……

可謂身處在個非常理想的「天堂」！

但對某些人來說，天堂不可也是死水一灘？

漣漪不起，波浪不興的死水？

唉，也不知道自己在胡思些甚麼？

好像就非得遇到些天文異變，驚怖事件之類的……方能快活起來似的……

旁人是未必看得出或了解到……

高予潔自己對自己可是通透得很……

「乖乖牌」的外表……

裝著是個勇於冒險，好刺激挑戰的靈魂……

隨時隨地在蓄勢待發……也不知道這部分格性，遺傳自家族的誰？

「祖母嗎？」

她自嘲的想著。

高予潔換了個姿勢……

將注意力重新集中在螢光幕上……

影片已發展至高潮……

行兇者進入浴室，準備殺害正在淋浴中的女子……

暗晦不清的兇手長像……

快速鏡頭的剪接，更生動帶出被害人被刺殺時那份伴隨著尖叫的驚慌失措……

其後……

倒下的女子，血泊，噴出的巨大水柱……

此種種元素的構築……

使得「驚魂記」中的這幕「浴室殺人」……

成爲了驚悚片的經典！

「經典」？

她不禁細細的咀嚼這兩個字起來。

「經典」英文即是「classical」……

「classical」這字的另番意思卻是：古典的……

而所謂「驚魂記」的經典畫面……

該只能歸之於是種「古典」的經典吧？……

以今日電影攝製技術而論……

同樣的情節……

應能拍出更聳動，更懾人的意象才對。

就是這麼來著……

時間……無休無止……沒有盡頭，不知其終點……

只是不斷地往前移動，移動……再移動……所以，一個年代就一定非得被另個年代所替換掉才行……

晨昏，夜晚的循環……

春、夏、秋、冬——季節的更迭……

這些，即所謂時間的「實景」化…… 那白髮，皺紋，古物，殘舊的樓宇……

就算是時間的「痕跡」……

「說穿了……」

「所謂的人生——也不過就是一直被『時間』這個強橫霸道的勞什子給控制，凌遲著……」「直至……嚥下最後一口氣爲止。」

「咦，此刻，我所具有的時間『觀念』……」

「都還只屬於地球上的……」

沒來由的，高予潔突地思路就那麼地一轉……

那麼，地球以外的區域，時間性質爲何呢？

以前，有則中國的民間傳說……

說有一個人被位神仙接往天庭玩耍……呆了數天後……

回返家園……

誰知，竟發現景物全非，人事大變……

原來，天上一日，人間卻已過了數載……

西方科學中，也有這樣一則說法：

如果，有位三十歲的父親……

離開自己剛出生的兒子，跑到太空去旅行……

三十年後，再回地球……

那他會和他的兒子一樣年輕——仍舊，還只有三十歲！

不管是民間傳說，抑或科學預言……都是這般認定……

太空宇宙的時間運行方式，都絕對是會和地球的不相同……

思及此……

高予潔猛然驚覺到……

來U.K後……

她的思想竟變得如此「超脫於世」……

以前……

她就只知道實實在在的掙錢過日子……

只要能按期繳出所有的費用……

也就感天謝地，別無它求了。

而在這小鎮的日子，卻又變得太安逸了些……

勿需汲汲於生活……

整個人反而轉化爲有些「虛無飄渺」……

大概，也是有受了那個動不動，老是愛將說話內容擴展至「大宇宙」紀鵬宇的影響……

而語言學和宇宙天體，究竟有何關連？

但，這或許只能算是「浮面」性的看法……

所謂「萬流歸宗」……

深研起來：任何知識，學問都是可以相通的……

中華文化裡頭，不也說儒，釋，道是一家？都以「天道」爲其思想的本源……

這時的高予潔，眼光雖是整個駐留在螢光幕上，一瞬也不瞬的……

但，卻屬「有看沒有到」的狀態……

任思緒在那兒隨意飛竄著……

她也想到了那位花匠何賓……

從第一次碰面交談了會……

等以後，他再來工作時……

他們就沒再講甚麼話……

她也並無和他談及關於土中含冰的事……

但，想他該是絕對有發現到的……

畢竟，這花園就等於此人的地盤……

而大概是認爲；沒必要對自己特別來強調此點吧？

高予潔是直覺到……

何賓：這位園藝管理者——也是個「形而上學」之士……

不止對外頭的花花草草……

就和這屋子本身……

也該是「關係匪淺」才對！

他比別人對這兒多「知曉」些……

相對地，也就比別人對這兒要多「隱瞞」些！

高予潔厭厭的關掉了電視……

不覺的，就想到院子去轉轉……

「國外的月亮比較圓。」

這本是用來諷刺崇洋媚外的話語……

但在這U.K……大概，是處在完全不同地域的關係……

月亮要比臺灣的，的確，美得多多了！

既大又圓且亮……

垂得低低的……

活脫脫，就像個大銀盤要落下來似的……

古代神話；稱這月亮爲月宮……

也有首西洋電影主題曲「moonriver」……

竟把月亮形容比喻爲一條輕瀉波動的河流……

但，毫不羅曼蒂克，科學性的說法，即是……

月球！

懸浮在宇宙間的一顆球體！

她現在打算要去觀賞的……當然，不是月球……

而是月宮，月河……

她拿起置在椅邊的薄外套，披上它……

哼著柔美的「月河」歌曲旋律……

緩緩地步出了客聽……

「嘎……」

當高予潔進到院子時，卻不由得差點驚叫了起來！

她還來不及抬頭看天上的月亮……

卻已先發覺，不遠處……

江明生正立在那兒……

動也不動地，像尊雕像般……

鏡片後的眼睛閃爍生輝……

也許是受到月光照射的關係……

是她從未看過的清亮有神……

他正專一，思索性地在注視著這間屋子……

見到高予潔從房內走出來……

也並未有任何的反應——一直當她這人是透明似的……

正當高予潔本能性的，想要舉起手，向對方打個招呼時……

他卻隨即轉過身……

快步的向前走去……

速速地就在她的視線範圍給消失掉了！

接著，高予潔便仍站在原處，慢吞吞的在想……

這江明生……

本來就是這般陰陽怪氣，會有此舉動，也沒啥稀奇的啦。

三更半夜，站在宅子外頭……

她卻絕不認爲他在覬覦或窺伺何物……

更非蓄意打算做甚麼壞事……

他的神情……

充滿了疑慮，是在對著屋子做著某種深切探尋……

看上去，他也就只像還身處在學校實驗室做實驗似的……

是沒有形諸於語言或行動……

但，就私底下，某方面來說……

她也和他也可說是一陣線的……

同樣覺得這棟深隱在樹叢的巨宅，透著番「古怪」……不知道，要不要來場競賽？

看誰能先把這「古怪」給尋著……

如果這樣……

自己雖是佔了「地利」……

但，還是江明生會贏吧？

因爲，此「古怪」的謎底，該是比較接近他專業領域的……

由於，江明生的乍然出現……

高予潔禁不住走向她曾發現那粒「軟冰」的所在……

她沒假手任何工具，就直接用雙掌……

去翻撿了那橘紅色的土壤……

哇塞！

原先的那粒冰……

竟然成群結黨，子孫綿衍……

現時，已變成了有許多冰粒，晶光點點地……

細細碎碎的散落在土中……

眼前的景況讓她全然怔住了……

這種現象發生有多久了呢？

自從上回，她來過花園，看過那粒「冰」後……

她也就沒再到這個角落……

去注意原來的問題……

夾在泥土層的冰粒，會對花草樹木……

造成甚麼不良影響嗎？

抑或者，正好相反，它們還會有利於植物的成長哩！

也許，何賓自己會搞定情況……

看看這園中，花木依舊開得如此亮燦茂盛……

高予潔揀起一粒冰，用手指搓了搓……

仍是那種觸感……

滑軟的，流動性的……

質地卻又這般地堅硬如鐵，捻都捻不碎……

其實，稱它作「冰」，也只算是馬馬虎虎地說法……

並不能確定這「冰」到底是啥？

「可以找江明生拿去化驗化驗……」

雖有這念頭從腦中閃過……

卻不會將它付諸實現……

對一個老是和週遭人隔了堵牆的「異常分子」……

自己如果眞的要求他這麼做的話……

大概，也只是又換來一番「自討沒趣」罷了。
她將手中的「冰」放回原處……凝望天際……
一輪圓整而華美的明月，懸掛其間……
恆古不變地……
不曾消退分毫……
永遠閃著淨白皎潔的光芒……
然而，這月兒所身處的廣大宇宙……
又究竟隱藏了些甚麼？
在這園中所發現，類似冰的東西……
會不會根本就是引自外太空，非存在這地面空間的，某種無名的物質呢？
她眩惑著……
目光意識性游移在那片蒼穹之上……
整個人陷入了份深深的迷思中……

第二章　唐突的訪客

這天……

高予潔獨自搭火車去了趟倫敦……

身處在此摩登明亮，卻又古意盎然的首都名城……

她乘著地鐵，在轟隆轟隆，不絕於耳的車聲中……

一站換過一站……

地圖不離手……

等到個定點，就躦出這被英國姥稱爲「tube」〈管子〉的快捷交通工具……

問路，找路……

再順道，對兩旁的景物，走馬看花一番……

就像大鄉姥進城似的，而且，還是個外國的大鄉姥哩！

無法壓制住的一股緊張，慌亂……

但，就這樣，帶著迷糊性的，到處瞎碰亂撞個大半天……

倒也讓她這個異國鄉巴姥，成功地到達了倫敦的好幾個景點……

白金漢宮，海德公園，倫敦塔……

高級住宅區所在的騎士橋……

有趣的跳蚤市場，和名店雲集的牛津街，麗晶街……

還去了位在皮卡狄利圓環的中國城……

吃了盤叉燒炒麵……

大都會，雖然，難免總是吵雜了些……

可是，四通八達，來往便利……東西應有盡有，活動頻繁……能使生活選擇具多樣性。從倫敦返回到Colster……

高予潔倒是顯得精神煥發……一張臉蛋紅撲撲的……

到大城市去奔波了那麼下……

即刻，就舒散了胸中不少的鬱氣……

兩隻手也沒閒置著——提了不少袋的戰利品……

有英國的毛衣，磁器，香水，洋娃娃……

另外，還有一大盒的乾果點心……

「此行，倒還滿愉快的……」

「而且，收獲頗豐……」

磁器，香水，洋娃娃——拿來當擺飾……

可以替屋子增添些生氣……

還能約朋友來喝喝午茶……

紀鵬宇那班人，應該會中意這種口感爽脆的核桃，腰果類製品才是……

所以，雖然，是有那麼點疲累……

還拿著不少東西……

但高予潔仍踏著輕鬆的步伐，回到了住處……

家門外竟立了個全然陌生的女子……

令她不禁狐疑的走近她……

詫異地注視著……

穿著相當昂貴的，黑白二色相間名牌的套裝……

足踏三寸高跟鞋……

五官非天生亮麗，但臉部化妝卻相當著意講究，且極其濃豔……

長髮上的波浪，更是燙得捲曲有致，一點也不馬虎……

任誰都看得出，定是出自髮型專家之手！

她挺直的站著，微微的露著笑意……

臉上卻一逕流露出某種傲慢，譏諷似的神情……

「這該是個盛氣凌人，不大好處的有錢小姐……」

高予潔如此斷定道。

「是予潔吧？」

她先正確的喚出她的名字。

「我叫錢欣兒……」

「錢姿曼是我姑婆……」

「剛接掌金汎航運的錢威生……『碰巧』……正是在下的祖父……」

錢欣兒故意加強「碰巧」兩字，流露出一份優越感。

「我們的父親是表兄弟……」

「根據我所知……」「妳要比我小一點……」

「所以，我該是妳的『表表姐』……」

「當然，是不必這般拗口的啦……」

「妳就直接稱我表姐，我叫妳予潔就成了。」

她還故作親熱狀的去挽高予潔的膀子。

高予潔不太習慣。

「我和姑婆的感情非常好……」

錢欣兒又兀自的往下說去……

「簡直，就比親祖孫還要親……」

高予潔明白這位不熟識的表親，這般的講法，多少帶著點對自己挑釁的味道。

「我早就有聽說……」

「姑婆在Colster，有棟老英國風的宅子……」

「一直想叫她帶我來瞧瞧……」

「那知道，一拖就這麼多年……」

「而她人也過世了……」

她誇張性的大嘆了口氣。

「更萬萬料不到……」

「姑婆竟是把這房子留給根本連面沒見過……」

「也從未承認……」

「等於是不存在，遠在臺灣的孫女兒……」

錢欣兒故意在那邊大皺眉頭。

高予潔則在一旁強忍著。

「好不容易，千里迢迢地，才摸到這兒來……」

「卻吃了個大閉門羹——按了半天門鈴，也沒人來應……」「直在屋外枯侯了好幾個小時……」

「這可是一點都不像本來的我ㄡ……」

「因爲，向來都是人等我，我不等人的……」

她似笑非笑地，有點譴責性的望著高予潔。

高予潔溜了錢欣兒身旁那個銀光閃閃的行李箱一眼……

然後，委婉的拒絕道：

「這屋子，沒有想像中的理想……」

「加上Colster只是個窮鄉僻壞……」

「妳恐怕不會住得慣……」

「妳能呆，我爲甚麼就呆不得呀？」

錢欣兒立即口快快的就把話給頂了回去。

「再說……」

「我不止要來一探這房子的究竟……」

「也是想拜訪拜訪妳啊……」

「『小潔妹妹』！」她高聲強調了下。

並作態的捏了捏高予潔的腮幫子。

「這樣，我們可以進去了吧？」

錢欣兒雖是像在徵求對方的同意，但卻採命令式的口吻。

高予潔莫可耐何的，從包裡掏出了開門鑰匙……

一進宅子……

錢欣兒便大搖大擺，肆無忌憚的打量起室內的陳設來……並這兒碰碰，那樣摸摸的……

眼光更著意掠過了窗廉，壁爐，及那座落地長鐘一下……

「這屋，大致上，也都還算過得去啦……」

她開始發言批評道。

「就是，有些東西，實在太沉舊了些……」

「不過，妳放心……」

錢欣兒是一付自以為是在撫慰人的樣子。

「我會找人換新的……」

「另外，再來研究研究……」

「看看家裡，還有那些地方，需要修補改造……」

「也一併把它給搞定……」

高予潔低頭不語，臉色整個沉了下來……

對方居然已經用「家」來稱呼這房子了……

還要大興土木哩！

這不速之客，到底是準備在這兒賴多久？

總不致於，是一輩子吧？

再怎麼說，這房子的主人終究是自己……

絕不許外人亂去動它！

於是，她拉長了頸項，挺挺背膀……

現出像準備對抗甚麼似的姿態。

「對了，我房間在那兒？」

錢欣兒問道。

「從樓梯上去……」

「右邊最後一間房，是上了鎖的……」

「同排，倒數第三間是我的臥室……」

「除此之外……」

「妳大可隨便挑……」

高予潔無情無緒的答著。

「好極了……」

錢欣兒隨即就把行李往樓梯的方向給拖去……

邊上樓，卻還邊嚷嚷道：

「眞是的……」　「怎麼，還得自己提箱子進房呀……」

「我看，予潔，妳是無論如何……」

「都該請一個佣人的……」

高予潔呆若木雞的坐在客廳的椅子上……不解的想著……

眼前發生的一切，到底是怎麼回事？

祖母遺留了這棟巨屋予她——竟會招來了錢欣兒這號人物！

她曾想……

生活能來點「不平靜」的……

好讓自己在這個小鎭的枯燥日子……

有那麼些微的震顫與刺激……

如今……

是眞有份「不平靜」降臨了……

帶來卻非原先所期望那番震顫與刺激……

反而，是……

破壞了居所本身的單純與寧靜……

她把目光移向了窗邊……外頭暮色已漸漸……一點一點在加濃中……

過會兒……

這房子本身，四週的花草景物，前面的樹林……

也都將爲黑夜全然吞噬……

令高予潔也不禁有所感到……

現時的自身和居處，不正也在被個不熟識的外來者所逐步吞噬？

她已開始深深地懷念起：

能一人獨守這屋宅的消遙時光！

隔天早晨……

高予潔整治了一頓有香腸煎蛋，奶油吐司和咖啡的早餐……

咖啡——她卻並無費工夫去磨煮，而是直接用速溶包去沖泡——想隨便喝點來提神就算了。

她也沒特地去叫錢欣兒來一起用餐……只等這位「表表姐」醒了……

就自動自發的到來……

原以爲……

在餐桌上……對方準會對著那杯不上道的即溶咖啡，大加數落起來……

那知……

錢欣兒一坐定，就急急的把咖啡給推開，表明道：

「我是咖啡絕緣體……」

「喝了，會心悸不舒坦……」

接著，便開始叨絮……

她是怎麼個費盡唇舌，軟硬兼失法……

方能使父母親應承……

讓她單獨到這U.K來……

下了機……

又是如何困頓顛陂，才好不容易找到姑婆的房子……

結果，卻這般不走運，硬給在外頭「罰站」了大半天……

高予潔心不在焉的聽著她的「演講」……

徹頭徹尾……

她都沒去搭腔半個字。

「總括，一句話……」

「我累翻了……」

錢欣兒身子往前傾，兩隻手掌往桌上一拍的叫道。

「所以，睡在那張半點都不合人體功學的床上頭……」

「居然，也能一覺到天亮……」

說完後，她便開始撕麵包，切蛋用早餐。

吃了會後……

她放下刀叉，抬起頭，說道：

「睡個大覺……」

「吃這麼一頓……」

「我精神都給全回來了！」

錢欣兒舒暢的伸伸懶腰。

「現在，只想趕緊到外頭走走逛逛……」

她用餐巾紙抹抹嘴，現出已結束用餐的形容。

「一付猛催人出去的德性……」

「我的早餐，可還沒完結哩……」

高予潔不樂的暗思著。

「我在這兒，人生地不熟的……」

她直視著高予潔道。「一定得靠人，帶個數日……」

「妳該不會拒絕，讓我跟著吧？」

她微偏著頭的問高予潔。

「難道，我不給妳跟……」

「妳就放棄了？」

高予潔卻如此技巧的反問。

「哈……」

錢欣兒笑出聲來。

「妳還實在是個善體人意的乖妹仔……」

她捧了高予潔一下。

「我就是這性格……想要怎樣就怎樣……」

「沒人阻得了……」錢欣兒此話一出。

高予潔臉上即刻現出個「認了吧」的表情。

富家女們根深蒂固的「本位主義」——完全是無價可議，沒折打的。

看看桌上……

食物還剩下大半……

憑心而論……

這頓早餐是製作得並不夠理想……

香腸有點硬，蛋嫌煎得老了些……

麵包也沒烤透……

情緒不佳，烹調水準自是無法盡情發揮……

做出的食物就會不夠好……
進而，降低進食的胃口，胃口差了，連帶地，情緒亦容易變差……
就怎麼的，互為因果……
高予潔端起咖啡杯……
以比平常慢一倍的喝咖啡速度，輕輕的啜飲著……
她不想這位大小姐太快就稱心如意……
立意多拖長點對方等待出門的時間……

高予潔領著錢欣兒……
隨意逛了下……
教堂，學校，小街弄，Mall——兜了個圈。
她並沒很盡心在對待這位就像突然從地底冒出，搞得自己一頭霧水，所謂「表姐」的人物……
也自認無必要非在錢欣兒心目中，營造出個「優良導覽者」的印象不可……
途中，她們也極少交談……高予潔更是做足了心理準備……
必須聽對方對此地的種種，來個大肆評擊一番……
中午時間……早已約好那班朋友，在披薩店聚首……

「妳或者該另找個地方去排遣排遣……」

「都是些研究所的學生……」

「跟他們一塊，妳可能會覺得悶……」

高予潔是看能否藉機擺脫她一下。

「根本無此必要……」

錢欣兒卻全然不假思索的，衝口而出道。

「人與人之間……」

「並不是非要去講究什麼；水乳交融，一見如故之類的……」

「難以投緣……」

「那就彼此把彼此只當成幕『風景』來看，不就結了？」

聽完這番「謬論」……

高予潔心想……

自己使的這些叫錢欣兒離開的招數，可是又再「當」了那麼一次！

進到了披薩店……

七人坐滿一整條的長方桌……

叫了三客大 size 的披薩；什錦，海鮮及純蔬食的……配上幾杯可樂，汽水甚麼的軟性飲料。

大家寒暄一陣後……

高予潔竟一反常態的，主動地帶起好幾個話題……

這回，她可是吃了秤鉈，鐵了心……

故意和這群朋友來談論些硬邦邦的，艱澀的知識學理……

估計像錢欣兒這型，大概只懂得在生活中氣頤指使人，花心思在昂貴物質上的富二代，是插不進任何話的……

於是……

她也顧不得江明生能回應自個多少……裝內行的；

頻頻問起他最近一則發現宇宙有異常粒子碰撞的新聞報導……

和紀鵬宇談及了英國目前最新版的語言教學書籍……

大伙兒更對那本極負盛名，等於對二十一世紀社會經濟發表預言的「第三波」進行了番相當激烈的討論……

果然……錢欣兒沒有，也該是「無法」對這些事，提出任何意見看法的……

只見她孤坐一方……

弄弄衣服皺折，看看指甲，一下子又用手指圈住的頭髮轉著玩……

百般無聊般……

高予潔亦感受出……

這些友伴們，心理頭可是雪亮的很……

看錢欣兒，這位突如其來的「加入者」……

此付風派與神氣……

便能理解得到……

自己和她「湊」在一塊……

必定是一蘿匡的「勉爲其難」及「莫可耐何」……

也明白高予潔談這些題目的「用意」……

所以，包括江明生在內……

全配合著高予潔，半演戲似的……

踴躍發言！

錢欣兒是徹徹底底地給冷落了……

高予潔在旁，暗笑了起來……

這招不著痕跡的「使壞」……

果眞是百分之百奏效！

讓她產生了種報復性的快感！

「妳是怎麼結交到這幫人的？」

一出店外，錢欣兒便不悅的如此質問她。

「在租書店，認識了紀鵬宇……」

「後來，他帶了其他人來找我……」

「就這樣，大家便經常在一塊了……」

高予潔淡淡地，自然的回答。

「呃……」

「可是，他們好像……不怎麼高級ㄟ……」

錢欣兒眼睛望向地面，拉長聲調道。

「不高級？」

聽到從對方嘴裡溜出的這樣的一個形容詞，高予潔覺得有些幼稚可笑。

「他們的衣著品味……」

「舉止動作……」

「都是非高階層的……」

「還有，那個叫江生明的……」

錢欣兒感到需要挑出個最具代表性的人物來實地證明下自己的意見。

「是江明生。」

高予潔糾正她。

「他身上那件襯衣……」

「也不知道是洗壞了，還是穿的次數過多……」

「不灰不白的……」

「更離譜的是……」

「衣領上一圈黑的，扣子又還掉了顆呢……」

「眞是的……」

「這般邋遢法，也好意思出來見人……」

「還有……」

錢欣兒似乎是愈講愈入味了。

「他那個眼神呀……」

「也不知道是在看啥，想啥……」

「陰森詭異……」

「好像是甚麼從外星球來的生物似的……」

「可是，妳知不知道……」

高予潔竟覺得此時，極有必要挺身而出，爲這位平時，自己也略有微詞的人物，好好地答辯一番。

「他可是我們這些人當中，書唸得最高……」

「才智最豐沛的一個……」

「能實際幫我們解決不少難題……」

「甚至，還能替人省荷包哩……」

自身還未體驗過，她也只是在拷貝波莉的話罷了。

「紀鵬宇還稱他是『愛因斯坦第二』……」

「說不準，那天……」

「就會對人類，做出番異樣的貢獻來……」

她這麼一骨腦兒儘提著江明生的「正面」，其實，等於在間接發洩了對錢欣兒的不滿。

錢欣兒聽了這些，先是低首沉默了下……

接著，便抬起頭……

裝腔作勢在高予潔身上巡視了一輪道：

「我說，予潔呵……」

「有點，妳該明白……」

她雙手交叉在胸前，煞有介事地。

「妳是沒過過上流社會的生活沒錯……」

「但，你是確實有這種身分的呀……」

「所以，無論如何……」

「都不該跟他們是一『掛』的……」她指指高予潔道。

「況且……」

「姑婆已把這房子留給妳了……」

「就等於認可妳和她的關係……」

她又正視了她一下。

「妳極有可能，會回歸到我們在香港過的那種『高階層』的日子……」

「爲了讓妳到那時候……」

「不致於手忙腳亂，不知所措……」

「我可以……」

她眼底閃過一絲譏誚之意。

「先幫妳，『整治』下……」

像又重拾回了當老大的心情般……

錢欣兒露出了自信滿滿的樣子。

回去後……

錢欣兒幾乎花了整整一下午的時間……用自己帶來的一些東西………

替高予潔來個變身大改造……

先是「打底」——全身美容及敷面膜。

讓整體肌膚變得滑潤後……

才出手修飾高予潔的外表……

把她已長得較長的頭髮盤起……

在她臉上，拿昂貴的化粧品，盡情揮灑著……

唇筆，眉筆，夾睫毛器……這些道具一樣也沒少用上。

幾十分鐘過去後……高予潔便已改頭換面……眼睛是既大且亮，睫毛翹而捲，鼻子也高突了……

嘴型被改造成個嘴角微往上揚的長弓狀……

五官輪廓顯得浮凸而立體……

錢欣兒又給她換了一件紅底有黑玫瑰暗花圖案的軟綢洋裝……

搭上同樣紅黑二色相間的耳環及高跟鞋。

大功一告成……

她就迫不及待地把高予潔往穿衣鏡前拉……

如同個躁急的售貨員，一心就想快快把商品推銷出去般……

不住地，在那邊，連珠砲發似慫恿道……

「從現在起，妳就在鏡前保持五分鐘別動……」

「好好地，用心的欣賞下全新的自己……」

「我的驚世傑作！」

她又把高予潔往鏡前再推近一點。

「怎樣？是不是棒呆了？」

「就像位女神似的……」

「可別不小心，去愛上自己呦！」

「應該不會再認為，妳就只能跟今天上午那幫人為伍了吧？」

高予潔默默地瞅著鏡中的影像……

她並不去否認一件事實……

錢欣兒竟眞能使自己散發出，一種前所未有名門淑女的風采……

是高華耀眼的——是易吸住他人目光的……

只不過……

那並不是自己所「熟悉」或「習慣」的自我型態……

更非她所「立意追求」的……

回房後……

高予潔便迅速洗淨臉上的脂粉……

卸下衣服，耳環，鞋子……

她又回復到原先那個隨意，輕鬆的自己……

「能准許錢欣兒這般，如她所願……」

「擺弄自己……」

「也只能算我『招待』她的另種方式罷了。」

她漠然地一笑。

把高聳的髮髻，一把摘下……

讓頭髮仍舊自自然然的垂在肩上………

而錢欣兒在這 Colster 這麼一呆……

居然，轉瞬間……

兩個禮拜也就這麼給溜了過去……

這段日子……

高予潔也曾暗示她……

要不要回家去看看父母，他們可能會掛心……

或者，順道去英國其它地方，像威爾斯，蘇格蘭一帶走走……

要不，也可到附近的歐洲國家……法國，比利時，荷蘭去玩玩呀……

錢欣兒卻是這般答覆：

「就是家裡太『悶』了……」

「妳才會看見我出現在這兒的……」

「可不希望，這麼早早地，就又被給『關』起來了。」

「幾年前，我早就和些親友遊遍全歐洲了……」

「妳所提及的那幾個地方……」

「不新奇，沒興致！」

這下子，高予潔又得對這位大小姐「表姐」高豎白旗，全面投降了。

沒法子，只得試著另外調整個角度來觀事，好讓自己稍微平衡好過些……

這錢欣兒，好歹大家也是親戚一場……

雖然，不算太親……

但也總有那麼點淡泊的血緣關係……

就當「包容」個家人吧。

其實，她對人也不算太壞啦……

接收了祖母這棟偌大的房子——理應是該付出點代價的……

也許，必須接納錢欣兒此位「意外之客」就是代價。

如果，換作是自己……

在那麼優越的環境下成長……

也很難擔保，是不是能表現得比她更好？

錢欣兒就曾如此講明過：

「不投緣的人，就當成幕風景看好了……」

可不是嗎？她也就把她視爲「一景」即可。

只要，她不動這屋子就成了……

豈料……

她又有話說了……

「唉呦，予潔……」

「實在猜不透……」

「妳是怎麼受得住的？」

「這房，凍得像冰窖似的……」

錢欣兒雙手抱在胸前，故作哆嗦狀。

高予潔則是認爲她動作過於誇張，只是，有那麼點涼涼的，不至於，到「凍」的地步——這傢伙演過頭了！

「不管暖氣，怎樣去調……」

「依然如故……」

「heater 大有問題……」

「要得馬上換掉才行……」

她磨擦手掌，一付蓄勢待發的模樣。

像是，總算找著了一件事，可以讓自己有理由來「動」這棟屋子了。

「這『冷』絕不會因暖氣系統的替換而給降低的……」高予潔慢吞吞的解釋。

「它是本來就盤根似的固據在這屋裡……」

「驅不掉的……」

她話也只點到此爲止，並不願去多提她對這房子所懷疑和所發現的。

「早在妳踏進這宅子前……」

「我就已事先挑明了……」

「這裡不見得會是個正合人意的住處……」

高予潔講完此話後，便頗具心思看著錢欣兒。

似在無言的提醒著她道：

「一切皆是妳自己好自投羅網……」

「無權再去說啥作啥……」

「要不，就得選擇自行離去……」

錢欣兒多少也會意得出……

所以，她擱下了要換暖氣的事……

但，卻採取另個方式，談及了別的問題……

「還有……」

「妳是怎麼可以按耐得住，而不讓自己的好奇心爆發呢？」

「最末間房，老是深鎖著……」

「難道不會想要找人，來把門撬開……」

「一探究竟？」

她就像準備要挑戰甚麼似的發問。

「我的確曾有過想要來個『破』門而入念頭……」

高予潔坦承道。

「但，稍後想想……」

「祖母這樣安排……」

「自有她的道理……」

「所以，沒到適宜的時機……」

「還是，別輕舉妄動的好……」

她仍如此堅持著。

「但，妳不覺得怪不舒坦的？」

「就如同有根刺卡在喉嚨管中，取不出似的……」

「家裡竟有間房……」

「封閉起來，看不到……」

「那是妳太愛把別人的住所，當成自己的住所啦……」

高予潔心中暗嘲道。

「打開來瞧瞧……」

「應該沒啥大不了的……」

「也不算是在『破壞』這屋子呀……」順著高予潔的心思，她特意對「破壞」二字加強語氣。

「搞不好……」

「裡頭甚麼都沒有……」

「不過是……」

「姑婆特別偏好那間陳設，格局甚麼的……」

「當然，也有可能……」

「是放了某個特別珍愛之物在房中的緣故……」
「所以，蓄意把它給『圈』起來……」
「來造成這房間，好像永遠專屬於自己似的……」
錢欣兒依舊在那邊任性的嚷嚷著。
「難道，妳還眞認爲……」
「那裡頭，藏著甚麼妖魔鬼怪不成？」
她一付氣勢迫人貌。
高予潔先是不語的，冷然的注視著錢欣兒好一會……
才緩緩地開口道：
「表姐……」
「儘管，沒人知道……」
「祖母會留給我這屋子的……」
「眞實原因……」
「可是，有一點……」
「我相信，是她絕對希望我辦到的……」
「那就是……」
「用心去守護這座宅第！」

高予潔亦首次，顯出了自身的堅定立場。

「所以……」

「如果有人……」

「在我的眼底之下……」

「對這宅子，做出任何不當的事的話……」

她的目光逼緊了錢欣兒，一字一字清晰的吐出來。

「身爲此屋子所有人的我……」

「並不排除……」

「訴諸法律行動！」

她的口吻已變得分外嚴厲起來……

終究……

屋子，仍如往常，一切皆原封未動……對能有效阻檔住這波的「錢欣兒颱風」發威，沒讓她給擴大暴風圈的事……

高予潔自是感到十分慶幸……

也稍稍寬了心……

然而……

一個預想不著的大浪頭，卻又這麼的席捲而至！

大學電影社，在星期五的晚上……

舉行了一個「電影串燒」之夜……

每人只要繳交個五英磅……

就可從晚九點到第二天早晨八點……

一口氣連看五部電影……

英片，美片夾雜，各種類型，口味的都有……

是「電影咖」的波莉……

便興致盎然地邀高予潔結伴前往……

高予潔本人，雖談不上是什麼戲劇的「發燒友」……

但，卻很嚮往……

一大群人，擠在電影放映間……

通宵達旦……

伴隨著螢幕上人與景的千變萬化……

產生出那種像開不眠 party 似的歡娛性！

於是，她很快地就答允了。

妙的是……

當錢欣兒聽到這個消息時……

竟會這般反應道：

「螢幕上出現的東西，全是假象……」

「進電影院，到底能爲人的生活多增加啥？」

「不就是被電影公司給『拐』走錢罷了！」

「電影，看一場，都嫌浪費……」

「更別說，還要接著連看五場。」

令人雀躍的「電影之夜」就被錢欣兒這麼給完全否定掉了……

原來，她對電影這個第八藝術是那麼不以爲然……

但卻正符合了高予潔的期望……

她將可以毫無牽絆，輕輕鬆鬆的……

和波莉去享受一頓豐盛的，週末「電影大餐」！

她們在九點差一刻時，踏進了放映室……坐定後……

高予潔環視左右……

人擠得滿滿的——大部分都是年輕人……

大家吱吱喳喳，有點像一群焦燥鼓動著翅膀的鳥兒……
正熱烈興奮的等待著此次「電影嘉年華」開幕！
場內，還相當別出心裁的……
安排服務員將零食放置在大盒子內……
掛在胸前，來回行走販售……
而有點令人錯覺以爲……
是要觀馬戲或看球賽……
她買了兩根熱狗……一根予波莉，另一根給自己……
並不是特別的嘴饞……
她只是認爲……
這樣可以營造出種看電影的氣氛！

首先放映的是部懸疑動作片「終端機密」……
高予潔是全神貫住地……
看著那些飛車走壁，挑戰人體極限的驚險行爲……一項一項的呈現銀幕上……
鏡頭變換快速……相當緊湊！
令觀眾們目不暇及，頻頻叫好……

直至……影片結束……

她和波莉兩人都不約而同，滿意的爆出一聲「great！」

當第二部是輕鬆愛情戲的「紳士淑女向前衝」上演時……

高予潔卻有那麼點疲了……電影裡頭……

幾對情侶，不停地在原野，山徑上追來跑去的……

弄得她頭昏眼花……

好不容易才撐到此劇的 happy ending……

男女主角走進結婚禮堂……

再過來……

是恐怖經典「鬼手」！

高予潔已經變得不太有耐心來了解劇情了……

只見一隻白森森的骷髏手……

突然從牆壁伸出……

又忽而從下水道竄起……

這會兒掐人脖子，一下子又來抓人手腕……

她看得腦子發暈……
眼皮也有點沉重下垂……
最後……
她終於決定，不再去等這部電影的結局；
這鬼手究竟出自何處？
有沒有被徹底的毀滅掉？
只得讓別人來告訴自己了……
此刻，她也才領悟出個事實；
這頓價廉物美的「電影串燒」……
並非每個人都有這番能耐能食用完畢……
電影，你說當它是消遣嘛……
卻也如此費眼傷腦……
她有點赧然的向波莉表示歉意……
說自己撐不下去，想離場……
波莉則體貼的回應道：
「千萬不要勉強……」
「嗯，不過，這樣一來……」

「妳該可有個『好眠夜』囉！」

她一回到家……

便逕自往樓上的走去……

錢欣兒的房間門是虛掩著，細細的露出一條縫……

她無意圖要找這位大小姐……

也懶得去管她在房中有啥動靜……

到了臥室，忙不迭的換過家居便服……

倒頭就來場呼呼大睡！

果如波莉所說……

得了個「好眠夜」！

次日一早……

她舒服的起了個身……

這坐著看「連場電影」……

身體是不疲累……精神卻耗損挺大的……

可是，換來的結果卻也滿不賴的呀……

不會像有些無法入眠的深夜……
儘在床上輾轉反側，翻來覆去的……
沒見著錢欣兒下來……她想：
「大概，還在『賴床』吧？」
高予潔毫不在意……翻閱著報紙……
繼續自己脫脂牛奶配蘇打餅乾的早餐。

十二點過了……
整個下午，竟都沒看到錢欣兒的蹤影……
她開始感到有點不妥……
於是，便上樓，推開了她臥室的房門……
裡頭竟是空無一人！
高予潔整個人都怔住了……
檢查下整間房……
她的一切衣飾用品，皆風紋未動……
行李箱也還乖乖的躺在一角……
她人是甚麼時間走的？

是自己看電影時候？還是酣睡以後呢？

雖然，錢欣兒沒帶走任何屬於自己的物品……

但，高予潔卻不排斥她已離開這個小鎮，到外地去的可能性……

她小姐性喜揮霍……

舊的沒帶走，再買新的不就結了……

至於「不告而別」這招，以錢欣兒作風……

也無啥稀奇的啦！

上次，她還不是事先吭都無吭半聲的……

就冒冒然的跑到這兒來攪和……

你要是能使錢欣兒稍微制住自己一點……

設身處地爲他人著想下……

那，天恐怕眞會榻下來了呢！

高予潔輕輕地把門帶上……

覺得似乎還沒有要到對錢欣兒十分擔心的境地！

然而，就在半個月後……

香港及英國的報紙卻都有個了相似的，斗大標題出現：「香江金汎航運總裁幼孫女，神祕蒸發英國小鎮……」

像是被等到了似的……

錢欣兒的身影竟眞的徹底從高予潔的視線中給脫離了……

Colster 已有異常事件發生……

警方和錢欣兒的家人都來到過這兒……

搜索鎮的四週及她所曾去的地方……

皆徒勞無功……

連點可掌握的跡象都沒……

好像錢欣兒她整個人直接就從地球表面消失似的……

鎮民對此事議論紛紛……

Colster 總是爲人所稱道的「安寧性」已受到了質疑……

高予潔以前曾經不斷在想……

「錢欣兒甚麼時候才會走？希望是下一秒……」

如今……

她是走了，然而，卻是這般的走法……

儘管再怎麼不喜歡這個人……

但，對她離奇不見這件事……

卻仍是震動而惶恐……且疑思重重……

這團疑思中，還牽扯到了……

那間密封的房間……

警察自是要找人用盡辦法要把它打開看看……

但，不論如何，去撬，去鑽，去撞那扇門……

它就是穩若泰山，無法被破壞一絲或被搬動分毫……

甚而，把人吊上二樓，嚐試破窗而入……

結果，看似脆弱的窗玻璃，卻堅硬如鐵……

怎麼擊都擊不破……

高予潔冷眼旁觀這一切……

始終未多發一語……

她想……

警局和自己該是看法相同……

並非這門和窗的質料有何問題……

而是，來自那房間所發出一股無可解釋的力量……

阻礙著人們進入……

警界人士在查案時……

萬一，碰到了某種超自然的現象……往往是，只能採取規避性的態度……

辦事的警爺對這情況，便是如此反應道：

「既然，再怎樣，無法進那房裡頭……」

「那也只好放棄……」

「我們再移往另外的可能之地，去盡力搜察看看就是了……」

高予潔沒任何異議。

事情發生後……

身爲關係人的她，也只是在警方的盤問下……

被動性的提供了些尋人線索罷了……

私底下……

也從未單獨去探求過錢欣兒的下落……

她深信……

隨著日子，一天一天的消逝……

這起香港富家女失蹤事件……

終究，也只會成爲英國警方一樁無結果的懸案……

接著……

屬於這份案子的檔案……
將會被束之於高閣……
再久點……
就完全塵封於蛛網之中了！

祖母為何會選擇自己成為這所位在英國偏僻小鎮巨宅繼承人的實在理由……
在房子中，所發現的「異象」……
那間打不開的臥室……
錢欣兒乍然消失……
高予潔認為這些事的其中，必有連鎖……
如果，單只循著警務人員辦理人口失蹤案的固定模式去運作的話……
這 case 就未必能了結……
此時的她，覺得極有必要見一個人……
劉顧為——祖母的專用律師……
當她在香港中環寫字樓，辦妥了所有手續……
拿到了那一大串屬於這屋子的鑰匙……

正欲轉身離去時……

劉律師卻又叫住了她……

他先深深凝視了她一會兒……才點點頭道：

「高小姐……」

「叫我予潔就行了。」

「嗯，予潔……」

「我想告訴妳的是……」

劉顧爲略偏了偏頭，似乎是頗具感觸。

「錢女士對我來說，不止是名固定客戶……」

「亦是位多年的老友……」

「對高，錢兩家的人，也算熟稔了……」

「所以，我該是能以叔伯的身分，和妳說上兩句的……」

他的目光透出了一絲的慈和。

「這金泛航運本屬於高家的……」

「當妳祖父知道自己有腦病，將不久於人世時……」

「妳父親尚未出生……」

「於是，他便在遺囑中聲明……」

「把金泛先交給自己妻子——也就是妳的祖母，去打理……」

「誰曉得……」

「後來，妳祖母和父親的關係生變……」

「兒子又走得比媽早……」

他輕嘆了口氣。

高予潔則像勾起一番心事似的，俯首凝思了會……

「等到這女強人也離世……」

「這金泛集團就等於完全落入錢家人手中……」

「而忽略了妳……」

劉顧爲惋惜似地望著高予潔。

「噢，原來他想講的是這個……」

高予潔反倒是笑了起來。

「我和高，錢兩家……」

「從沒來往……」

「也可以說是……」

「素無瓜葛……」

「知道祖母要贈予我這棟房子……」

「我都曾考慮過要放棄……」

「更遑論，要接掌甚麼大生意……」

「況且，我對經營航運業，可說是一竅不通……」

她一派輕鬆地答著。

「難為妳能這麼想……」

劉顧為對著高予潔，理解性的笑笑。隨即，他又沉吟了一下道：

「不過呢，妳祖母是個深謀遠慮的人……」

「她一介女流能在航運界撐起一片天——屹立不搖……」

「絕非僥倖……」

他讚許道。

「錢女士做這種種安排……」

「該是自有其殊意……」

劉顧為雙手背在後頭，很肯定的下了個結論。

「但，不管怎樣……」

「以後，當妳遇到任何的困難或問題……」

「大可不必拘束……」

「隨時都能來找我……」

他用極其親切的口吻對高予潔說著。

「在這世上，妳等於多了位親人……」

高予潔對劉顧爲投以感激性的一瞥。

暗中卻惦敲著……

難道，這位才首度晤面的家庭律師，已透視出她所隱敝在內心，那一絲對親情的渴慕嗎？

爲了錢欣兒不見了的事……

她的父母，兄姐，都到過鎮上來……

高予潔便遇著此票屬於錢家的親戚……

察覺得出；他們或多或少對自己是有些懷疑性及排斥感的……

她也不願再多接觸這些人……

想試著接起自身和祖母之間那條若隱還現的線繩……

唯一可行的是……

只有去找這位一直盡責執行金泛集團法律事務，卻有著和藹長者風範的劉顧爲律師……

她打了個長途電話到香港給他……

表示有事相談，希望能見上一面……

對方很爽快的答應了……

說他最近幾天，會到倫敦來辦事……

可以順道去 Colster 找她……

會面的時間敲定後……

高予潔便約了劉顧爲在鎮上一家名喚「red wood」的小茶館共進午茶……

這「red wood」沒有顯著的招牌……

店裡的空間也略嫌狹隘……

但它的炸鮭魚吐司滋味特佳……

慕名而至的人，絡繹不絕……

特意從外地來的，想一試美味的饕客，也不在少數……

另外，這兒還供應了別處沒有，味道醇厚的土耳其咖啡……

她想讓劉律師嚐嚐「redwood」的飲品點心……

便在此先預定了位置……

兩人在鋪著橘白格子相間布巾的小桌，面對面坐著……

點了鮭魚吐司，小圓鬆餅，及一壺滾燙的土耳其咖啡……

「予潔……」「住在這兒，還習慣吧？」

劉顧為叉起一小塊的烤成金黃色的夾魚麵包，貼心的問道。

「唔……」

「有認識幾個中國人……」

「違和感就沒那麼重了……」

高予潔攪動著杯中的咖啡，泛泛答著。

眉宇卻隱隱透著一股煩悶。

「不過，現今的 Colster 鎮……」

「也已經不是我剛來時的樣子……」

她的指尖在桌布上輕輕地劃著……

顯出有心事糾結的模樣……

「因為錢欣兒在這地方莫名的失了蹤？」

劉顧為放下了餐具，臉色漸漸趨向凝重。

「欣兒，這孩子……」

「本性不算差……」

「但被慣壞了……」

「所以，個性就變得有點專橫，不懂得約束自己……」

「她來這裡，一定打擾了妳許多吧？」

劉顧為聲音裡帶點同情的味道。

高予潔沒回答，只輕輕的一笑，卻也表示默認了。

「做人，要是不知道瞻前顧後……」

「凡事，單憑自己心中一股意欲……」

「像個火車頭似的，猛往前衝……」「要不出事都難……」

劉顧為等於是間接點明錢欣兒多少有些「咎由自取」。

高予潔則是頗有同感的對他眨了眨眼。

「我記得……」

「她還是女娃兒的時候……」

「看了一部『小飛俠』卡通……」

「就想在後天幼稚園的萬聖節派對……」

「變身為裡頭的主人翁『彼得潘』……」

「也不看人家趕得趕不出衣服來……」

「就堅持非要不可……」

「一直在那邊吵吵鬧鬧，糾纏不休……」

「她父母親只好花大錢，請人漏夜趕工……」

「服裝製成了……」

「那裁縫師也累得生病進醫院……」

劉顧爲停了會，又繼續述說下去……

「等到她長大了以後……」

「還是很喜歡學電影人物的造型……」

「像茱莉亞．羅勃茲在『麻雀變鳳凰』中穿著那件咖啡底，上頭有白色圓點的洋裝……」

「『金法尤物』女主角身上成套的紅色皮衣裙……」

「她都要千方百計弄到……」

「您是說……」

高予潔聽到此，臉上不禁現出狐疑地神氣。

「表姐她……」

「愛扮成劇中角色的樣子？……」

「那她該也是經常往電影院跑的人，是吧？」

她推論著。眼睛緊緊的注視著劉顧爲，積極地尋求答案。

「嗯……」

「大概，每週總要看個一，兩片……」

「稱得上是『電影熱衷人士』了……」

他很肯定道。

高予潔整個人陷進椅背中……

想起了在「電影之夜」舉行的前幾天……

錢欣兒所講的那一席話……

使人以爲；她對電影是排斥，近乎鄙視，而完全不碰的……

事實上……

是種「愈強調甚麼，愈不是甚麼的」掩飾性行爲。這個「行事作風，向來不管別人」的嬌縱女子……

只不過想藉機支開自己這個礙事的表妹……

單獨在屋內……

好從事某件祕密活動……

最有可能……

即是……外頭找人打開那個被封鎖的房間……

她的消失……

應該還是因爲此事吧？

那究竟是錢欣兒在碰觸這房後，它才變得無法開啓？……

抑或，這本來就是個，怎樣都進不得的，封死了的地方？

謎中生謎……

今後，該何以爲之呢？

高予潔惑然的托起了下巴……

「予潔……」

劉顧爲輕輕地在喚她。

這時，高予潔才猛然地回過神來。

「噢，對不起……」

「我是想事情，想得太投入了……」

她抱歉的說。

劉顧爲不以爲意的笑笑……

再繼續自己的下午茶餐……

高予潔也陪著吃了會兒……

幾分鐘過後……

她抬起頭……

坦白的，堅定的望著對方……

說出自己的心意……

「劉伯伯……」

她選了個較親近的稱呼。

「我想問的事……」

「如果，您知道原因……」

「就煩請據實以告……」

「要不……」

「希望您能就對一些事情的了解……」

「給我一個最可能的答案吧……」

她認眞，專注地，一個字，一個字的清晰的吐出：

「祖母，爲什麼把這樣一幢顯赫的巨宅留給我呢？」

出人意表的……

他竟是這樣答覆：

「這其中的道理……」

「是無人能代錢女士說明的……」

高予潔聽了，只得「呃」一聲，而變得有些難以接話……

「妳的祖母……」

「她的遭遇，非比尋常……」

「還不到夠穩練的年歲……」

「就逼得非要接掌亡夫龐大的事業王國不可……」

「所以，她必須從個原本心無城府，生活向來都是簡單平順的小妻子……」

「即刻就轉變爲個充滿了決斷力，卻也是霸氣十足的航運女總裁……」

「否則……」

「很難收服底下的員工……」

「其實，這種僞裝……」

「對她而言，是極端痛苦的……」

高予潔有些愕然……

因爲，她從未聽過有誰，這樣形容過自己的祖母……

「私底下……」

「她也不知犧牲了多少休閒時光與嗜好樂趣……」

「去大量吸收商業知識來培養自己生意才能……」

「經營金汎航運……」

「等於替是她自己築了個永恆的『精神樊籠』……」

劉顧爲幽幽地嘆了口氣，看上去頗爲感傷。

高予靜觀以坐……

細細聆聽，沒插入半句話……

「有兩件事……」

「令我至今，仍印象深刻……」他霎時便落入回憶中……

「當她剛從妳現在住的地方，回到香港……」

「沒過幾天……」

「金泛航運就舉行了個成立六十週年的慶典……」

「嘩，那種典禮的排場呵……」

劉顧爲自己也不禁眉飛色舞起來。

「可謂傾倒了所有的在場港人……」

「一到點，槍聲響起……」

「幾十艘金汎旗下的輪船，快艇……」

「便自維多莉亞海港一起駛出……」

「拖曳出無數個浪裡白條……」

「如一條條玉帶般的，鑲在藍色的水域中……」

「同時，天空中還飄散著許多汽球彩紙助興……」

「觀眾驚嘆聲還未停歇……」

「又有一大群鴿子，自籠中放出……」

「衝天而上，氣勢萬千……」

「象徵未來的金汎航運，也能如這些鴿鳥般……」

「展翅高翔，光明在望……」

這些場景，被劉顧爲形容的，彷若再現……

而他也同重拾當時的興奮心情似的……

臉孔竟微微地泛紅了

「大家都興致高昂……」

「不住地朝那些船隻……儘情地揮手，歡呼！」

「至於，妳祖母……」

「載一付白手套，持著望遠鏡……」

「挺挺的站在觀禮台上……」

「風采宛如一位女司令！」

「我走近她，由衷地表示：

「『妳應該可以無憾的認定……』

「『對此榮景……』

「『自己絕對是在這世界，那極其少數的……』

「『立在人生巔峰上的人物！』

「『但她卻說出了些頗特別的話來回應我……』

「你所謂的『人生巔峰』，也不過是一般地球人所界定出的觀念，對吧？……」

「『不止如此……』

「『還有其它……像各國所擬訂的法律秩序，及日常，對一些事物對錯好壞的分辨等種種……』

「其實，也都僅僅是我們目前所在這個星球的『自以爲是』罷了……」

「說完這些……」

「這女總裁便定定的注視起眼前的海波船浪來……」

「過會兒，才又頗具感觸的開口道……」

「『因爲金泛……』

「『海洋變成是與我的命運息息相關的東西……』

「『我依賴它……』

「『也熟識它……』

「『然而，在這海的上方……』

「『那片我們觸及不著天空宇宙……』

「『究竟是如何構築的，到底怎樣一付情景？』

「妳祖母她說著，說著……」

「目光焦點便逐漸，逐漸地……從海域本身，換到那海天一線間………」

「再至天際……」

「直到……」

「有人請她登船，參加慶祝酒會……」

「她才收回了視線及停止凝思……」

劉顧爲連呷了好幾口的咖啡，歇息下……

才繼續道：

「妳祖母的這席話……」

「很令人費疑猜……」

「但我卻並沒再向她追問下去………」

「依我所想……」

「她也無意對我說出完整的事實……」

「而且……」

「她過後，可能都會覺得懊惱……」

「因爲，居然在那種情景的影響下……」

「讓言行舉止變得如此『脫序』……」

「您懂她，劉伯伯……」

她微微一笑道。

「私下，我自己卻也對她的話解析了下……」

「想想，也許是……」

劉顧爲縮著唇，眉心隆起，現出在用力思考甚麼的樣子。

「錢女士在U.K的時期……」

「極有可能……」

「碰著了某些像是來自不明的異域……」

「非常理性，殊異的景象或事物……」

「妳祖母她，是不願明示於人……」

「但它們必定給她的心靈造成很大悸動……」

「甚至，形成了道陰影……」

劉顧爲此番，是尙屬「猜測」性的話語……

但在高予潔聽來……

卻是已經可以和屋中那股盤固不消的「冷」……

和她在庭園土中，發現的那些軟滑的冰粒……

及更早時……

漢斯所提及過；祖母所現出發顫，恐懼的模樣……等這些現象給連接起來了……

「您能提到這點，對我，其實是……」

「非常有價值的！」

高予潔低聲的，卻仍有所保留的講著。

「另外一件事……」

「妳可能會很樂意聽到……」

劉顧為輕快地為他底下的講述起了個頭。

高予潔則條件反射地拉直了下身子……

「有年中秋節……」

「錢女士照舊和一堆的親友……」

「開船出海賞月……」

「當時，在船艙……

「大家正進行一些例行的過節活動……」

「唱K，講冷笑話………」

「剝蟹，開柚子，切月餅……」

「突然，也不知道是誰……」

「揀了一首純臺灣人的歌曲來播……」

「王芷蕾所唱的『台北的天空』……」

「當這旋律一灌進大伙的耳朵時……」

「妳祖母就像遭到甚麼衝擊似的……」

「即刻放下手中的大鬧蟹……」

「走出了艙外……」

劉顧爲的臉上帶上一抹憂思。

「我感覺到不太對勁……」

「就去找她……」

聽到這裡……

高予潔的精神竟莫名緊繃起來……

更奇妙的是……

她感到身上那一部分源於祖母的血液，似若正在那邊輕輕的流動起來……

「卻見著妳祖母，在甲板上……」

「正對著那輪中秋明月，在癡癡發著傻……」

「聽到我的腳步聲，她便轉過身來……」

「用著一種我從未見著過的孤悽眼神，望著我道：」

『顧爲，你是不是始終都認爲我是個沒感情的人？』

『當然不是……』……」「我由衷的說道。」

『妳只是個活得比別人要辛苦多多的人罷了……』

『時常，必須要費力藏起自己的眞心來……』

「妳祖母也好像有被這話給打動……」

「在隱約透出點笑意後……」

「繼續回過頭去注視著那圈完整的月華……」

「而如自語般說了這話……」

『也只有在這個時候……』

『港，中，台兩岸三地的華人……』

『雖無實質地聚首……』

『卻能來共享同樣的東西……』

「我側望著她……」

「發覺她目中似乎泛著少許的淚光……」

「眼眶濕濕地……」

敘述至此……

劉顧爲便緊握住杯子，沉重地嘆道：
「當時，妳父母都已不在人世……」
「她所牽掛的……」
「毋庸置疑……」
「正是遠在海的另一方……」
「她所唯一的孫女兒！」
高予潔沒有答腔。
只把頭埋得低低……
低到鼻子幾乎都要碰到桌面了……
「所以，如果說……」
「錢女士對妳這位至親……」
「向來都是不理不睬，不聞不問的話……」
「那絕對只是個浮面，虛象上的認知……」
「她是以種難測的深度……」
「及我們無可得知的方式……」
「暗中在注意，關詢著妳……」
劉顧爲托盤出了久埋在心底裡的話。

高予潔則悄悄地抬起頭……

泫然欲訴般……

但，整個臉龐卻是散發著光采的……眼睛發亮而有神……

掩飾不住的興奮激動……

使她當著這位律師的面……

淚水也就不自禁地就滾落了下來……

結束了午茶……

劉顧爲和高予潔便離開「red wood」……

由於，劉顧爲晚上還得搭夜機返香港……

所以，他必須快快的趕回倫敦……

高予潔送他去 Colster 的火車站……

途中……

劉顧爲不住的表示……

這個下午，他過得很愉快……

小鎮風景優美，空氣也清淨……

另外，對能嚐到如此可口的咖啡麵包，亦覺得幸福滿足……

還提及……

在倫敦的麗晶街……有家店的皇家奶茶與巧克力水果塔也是超讚的……

如果，將來大家有機會在倫敦碰頭的話……

他可以帶高予潔去試試……

到了車站……

高予潔目送著劉顧爲進入……

誰知……

他才走個幾步，卻又迴轉身來……對她說道：

「午茶那段時間……」

「妳曾問過我……」

「錢女士爲何要將這樣的一棟的宅子贈於妳？」

「我卻無法提供妳解答……」

「不過……」

「在對妳作過那篇回憶性的談話之後……」

「剛剛在路上……」

「我把那話的內容，又在腦海倒帶了一遍……」

劉顧爲用手擦了額頭一下，表現出曾經用過腦的樣子。

「想想……」

他拖長了語調。

「或者，已可以給妳的疑問提供個答……」

「還不能稱之爲『答案』啦……」

「算是個『看法』吧……」

劉顧爲等於是用上了律師在法庭答辯的「邏輯」。「錢姿曼——這個在港九航運界，叱吒風雲的英雌……」

「竟是這般跌破大家眼鏡……」

「把這份如此殊異的遺產交予了……」

「旁人看來，在她有生之年，從無任何交會的孫女兒……」

「實際上，她是……」

劉顧爲定定地注視著高予潔。

「私下，比誰都留意這個孩子！」

高予潔覺得自己的眼睛又「浸水」了。

「妳祖母會這樣做……」

「是她有種信心……」

「信心？」

「因爲，她認定……」

「有自己『必然遺傳』的孫兒……」「無論是遇到了如何複雜詭祕的難題……」

「都不會選擇退縮……」

「而是……無懼險阻……」

「非常勇毅地……」

「一關闖過一關……」

「直至答案出現爲止……」

劉顧爲儼然像是爲錢姿曼代言似的，振振有詞道。

高予潔則另外又產生了番激動情緒……

整個人都熱烘烘地……

「妳祖母是在住過妳那座宅子後……」

「才在集團所舉行週年慶……」

「扯出那番『玄論』的……」

「會不會是這樣？」

「成爲那屋子的受予者……」

「也等於給派上個任務……」

「一個可能是要解開來自宇宙異域之謎的任務！」

劉顧爲投給了高予潔激勵性的一瞥。

「身而爲人……不止常渴望……」

「被人所愛……」

「也會要求，能讓人看重……」

「如果錢女士眞的給了妳這樣一件任務的話……」

「那它的難度……」

「絕對要超過經營一個航運集團的……」

高予潔完全明瞭他的意思。她趨上前去……握住了劉顧爲的手……

「劉伯伯……」

「您所有爲我講，爲我做的……」

「我都萬分感激……」

「如果……」

「一切能正如所述……」

「那，這座在U.K的宅子……」

「對我來說……」

「將是『意義無窮盡』的一個寶地！」

她幾乎是欣喜地喊了出來。

晚上……

高予潔再度走到院子裡……

仰首向天……

尋找著……祖母曾認定，她和自己，會在中秋時分……所共賞的那輪明月！

而在此發光球體的照射下……

眼前的藍色巨宅……

就更像一尊磷光櫛比怪獸般的……

蹲踞在那……

不過，此時，高予潔再對著它的外觀……

卻覺的整個建築線條變柔和了……

這屋不再被定位成……

只是個用死硬剛筋水泥所構成，「冰冷」的，棲身之「殼」罷了。

它是「家」……

充實圓滿，洋溢著人類最寶貴情感的家！

在近三十年的過去裡……

她從未接觸祖母本人的音容型貌……

今日，她卻發現到了……原來……

對方的精神心靈……

卻是一直如此貼近著著自己，從未離開……

高予潔滿足地……

深深的，吸了一大口，帶著花草香味的夜氣！

第三章　女強人的遺〈疑〉言

一個週末的上午……

高予潔踏進了等於是她初來 Colster 的首站——這間由露比漢斯經營的喚作「Grace」小雜貨間……

自從，在這鎮上定了下來後……

她到這裡的次數並不多……

理由無它……

只因這店，離她的住處，不算是太近……

日常生活有甚麼需要……

她都直接到附近的 mall 去……

會特意來此購物……

最主要，還是想找他們夫婦倆敘敘舊，談談話……

所以，當她買了些餅乾和罐頭湯後……

便和露比閒聊了起來……

「Kelly……」露比叫著她丈夫告訴她的高予潔的英文名。

「妳沒事吧？」

「我和漢斯都很擔心妳哩！」

露比邊仔細地觀察著她的氣色……

邊用著親人般口吻說著。

「也沒啥變壞的啦……」

她無意識地撥弄著一罐罐頭湯的標籤……

有點心不在焉的答道。

「吃得下，睡得著……」

「身體也無恙……」

她明白對方會有此一問，全是因爲發生了錢欣兒在此地不見這件事。

「人還是一點消息都沒？」

這雜貨店老板娘繼續追問。

高予潔搖搖頭。

「鎮裡向來都太平得很……」

「這會，到底是怎麼了？」

露比拿起塊抹布，使勁地擦著櫃台的桌子……

禁不住地就埋怨了起來。

「也不見得就一定是犯罪事件啦……」

「哦……」

高予潔的這句話，激發起了露比了她對這事的另番看法。

「那會不會是，這些富家小姐……」

「消遣日子的惡作劇？」

「妳不是說，妳表姐也挺頑皮的嗎？」

她暫停了手邊的工作，不安的對高予潔溜了一眼。

「製造失蹤新聞……」

「登上媒體，成爲風頭人物……」

「使許多人爲了找尋自己……」

「焦頭爛耳，擔心焦慮……」

「而感到自己是受重視，被關懷的……」

「來找回『存在價值』！」

「過去，也不是沒這例子……」

露比不斷地在論說。

「如果能僅僅是這樣就好了……」

高予潔懶懶地接腔道。

她是絕對無法對露比，托盤出她對這起失蹤案的眞實懷疑所在……

也只能就……浮面性的，拉扯那麼一點。

一個黃皮膚的男子走進店裡……

這不過是例行的習慣……

身處白人國度……

一遇見到同種族的男女……

高予潔都會不覺地對多掃一眼……

不過，這男的卻顯然誤會了她的意思……

又過度「自我膨脹」了些……

以爲她這樣，是被自身的外型所吸引……

而露出了洋洋得意的表情……

於是，他大剌剌地走向高予潔……

「Can you speak Chinese?」

他用英文問她。

她稍微的點了下頭。

「good—!」

「我叫羅盛保……」

「是『大香港』雜誌的記者……」他自我介紹，國語和花匠何賓一樣，帶著濃濃地廣東腔。

「nice to meet you……」

他對高予潔伸出了手。

她並非十分情願地去握了下。

他對這間小店子迴了一圈……揀了包口香糖……

算賬後，即刻就拆了開來……

丟一顆在嘴裡，並問高予潔要不要……

她拒絕了……

羅盛保便自顧自的嚼起口香糖……

一面開始耍起嘴皮來……

「還挺走運哩……」

「剛到這鳥不生蛋的地方來……」

「就遇上位漂亮小姐……」

他眼睛對著高予潔，態度有點輕挑。

「『漂亮小姐？』」

這人分明就是油腔滑調……

高予潔知道；其實，自己一點也不漂亮……

她沒有遺傳到父親俊挺的外貌……

倒是比較像母親……

輪廓扁平，頭髮也有些枯黃……

如果說，這張臉還能有甚麼引動人心之處的話……

那該是它時時顯現出一股頑強，不屈服的「生命力」！

「這鎮，並不是眞如你認爲…………」

「是『鳥不生蛋』的地方……」

她勉強的耐著性子，駁斥他道。

「鳥不生蛋，其實，也不全然算是壞事啦……」羅盛保又自個兒把話給兜了回來。

「民風淳樸，生活單純……」

「做人就容易——不必處處都得機關算盡……」

「這傢伙大概是在花花世界，勾心鬥角太久了……」

「才來此一說……」

高予潔不爽地在暗想。

她對這個叫甚麼羅盛保的，印象並不佳……

頭髮留得太長了些……

著了件軟綢的，有點像女裝的長袖襯衫……

脖子上戴了條粗粗的金鍊子……

斜掛個旅行袋——不知怎的，看上去竟有點紈絝子弟的味道……

還儘在那邊大嚼特嚼口香糖呢！

「這 Colster，嗯，也許……」

「正是個『奇幻境地』……」

他不知爲何，竟突然迸出了這樣一句。

又把眼睛瞇成條縫，來個故作神祕狀……

高予潔是有點想要繼續追問「奇幻境地」這四字究竟是意指爲何……

可是，話一到嘴邊……

卻又全給嚥了下去……

畢竟，她對這個乍然冒出，自稱是香港某雜誌記者的人……

並不能十分信任……

羅盛保也一下子又把話給岔開了……

「這航運千金錢大小姐在此鎮失蹤的案子……」
「在我們香港……」
「已都快成過氣新聞了……」
這記者將聲音提得高高的。
「不過，我的看法和一般同業不同……」
他指指自己的腦袋。
「非當時得令的事情……」
「追查起來，反而方便……」
「沒有那麼多人，來礙手礙腳……」
「而，一『旦』……」
羅盛保故意去拖長了下這「旦」字的尾音。
「找著了眞象，或推翻了原來的結果……」
「就會鹹魚翻身……」
「讓這新聞再度成爲熱門話題……」
「也很可能這樣……」
「一夕之間爆紅……」
「炒冷飯的記者，搖身一變……」

「成了媒體英雄！」

他自個兒講述得十分投入……

高予潔卻是毫無興頭的在聽著這番，對方所謂的「職業創見」。

羅盛保接著又發問：

「聽說，那錢欣兒沒影兒之前……」

「是跟她表妹住在一塊……」

「妳認識這人嗎？」

「不巧，正是在下……」

她無精打采的說。

又有點後悔；自己幹嘛一下子就傻傻地就承認道了呢？

「哇塞……」

「中獎了！」

羅盛保右手握拳，往上一提……顯出付極其來勁的樣子！

「那我們非得來次詳細長談不可……」

羅盛保說著，接下來……

便像放鞭炮似的，劈哩叭啦的就提出一大串問題……

「妳和錢欣兒都聊過些甚麼？」

「有發覺到啥的不對勁嗎？」

「她大約是個怎樣的人？」

「妳們去過那些地方？」

「最後一次見到她，是何種情況？」

「妳想；這位大小姐，還有希望找回嗎？」

高予潔被這堆問句給弄得頭都發暈了……

只勉強應了幾個字：

「對不起，我所知有限……」

隨即，便捧起裝餅乾及罐頭的牛皮紙袋……

向在櫃台後的露比道了聲「再見」……

就逕自走向門口……

羅盛保卻依然不死心地，在她背後叫著：

「如果，妳改變心意……」

「歡迎隨時到我住處來找我……」

「就是這鎮唯一的家旅館……」

「妳該知道吧？漂亮小姐……」

她充耳未聞的跨出了店子。

曾經希望……

這鎮上能多幾個中國人……

那知，來的儘是些「不討喜」的人物！

高予潔抱著裝了物品的袋子，慢慢的往住屋的方向蕩去……

一件令人振奮的事件到來了！

接下去的整個星期，在教堂前的廣場前……

會有個「大市集」！

有來自鄰近鄉鎮，及較遠倫敦城的各式各樣的貨品……

齊聚在此販售……

吃的，玩的，用的，觀賞的……每項都不缺。

有工廠出的，手製的，最前衛及古董級的……

直令人目不暇及！

另外，還加入了樂隊及雜耍助陣！個個鎮民的心都飛了起來……

好不容易……

才能來那麼一遭……

讓這淡素，近乎單調的小鎮……
給「花團錦簇」起來！
高予潔和她的「五人小組」……
揀了個大家都有空的下午……
浩浩蕩蕩的往市集出發！
首先映入眼簾的……
就是魔術表演……
一個甚麼都沒有空麻袋……
經魔棒這麼一點……
居然，就變出一束鮮花，一隻兔子……
甚而，整盤的意大利麵來……
魔術師還故意將麵盤子頂在頭上……
在台上扭走著……
結果，盤子掉了下來，弄得一頭一臉的麵條……
樣子很突兀滑稽……
觀眾都笑到不行……
然後，他又隨即拿手往頭臉那麼一遮……

那些麵條居然又統統給變回到盤子裡去了……

觀眾爆起了陣熱烈的掌聲！

歡呼不已……

旁邊的一個五人樂隊……

又即刻奏出了支活潑輕快的歌曲：「親愛的朋友」。

有些人就搖頭晃腦的打拍子，跟著唱和了起來……

他們幾人的情緒也全都被提昇得分外高昂……

當看完了魔術秀，聽夠了歌……

大伙兒就分開去搜尋自己的「心頭好」……

紀鵬宇逛舊書攤……

芭比去找美味的點心零食……

波莉則一心想觀賞那些繪有藝術圖案的杯，盤，茶壺……及做工精細的布袋子……

Mos 立意要多搜購些飛機，汽車的模型……

至於江明生……

他似乎真的只是「跟著來」的罷了……並無一定的目標……

只就近繞了繞……眼神不是很集中……

心思也一如以往，完全懸浮在另個地方……

高予潔其實也和他差不多……

並沒什麼特別想看的東西或玩意……

所以，也是那麼不經意的，隨處逛逛……

棉花糖，陶瓷藝品，藤籃，廚具，複製名畫……十幾個攤位……

她全都只匆匆一瞥……

沒有多加駐足……

然而，她卻在一張粗糙的木桌前，停了下來……

「它」可能是在這兒的所有攤子中……

最孤零零的一攤了！

就那麼張桌子加兩把椅子，桌上頭置放個深紫紅色的水晶球……

一個著黑衣的吉普賽女子，坐在桌後……

她笑吟吟的望著高予潔，用帶著腔調的英文開口道：

「這位女士……是否有興趣……」

「抱歉……」

高予潔卻隨即打斷了她。

「我……並不是想算命……」

她支唔的，有點窘迫的說。

會站在此，只不過是有點好奇罷了。

對所謂的「吉普賽算命」……她向來有潛在性的偏見……直認爲……

它是詭異，欺騙，邪門歪道的……

還曾有聽說過……

無論是啥樣的人，去碰這個水晶球………

那裡頭出現的文字或圖案，都會是一樣的！

「不，妳誤會了……」

女子溫和地說道。

「沒人能夠眞正去測知自己的未來……」

「不管你是通過何種管道——玄學或科學的……」

她沉思了下。

「而且……」

「人生如此懸疑莫測……」

「吉兇禍福，糾結難解…」

「又豈是三言兩語能道盡？」

淺淺一笑，似乎已把世間百態，看穿悟透。這絕對不像是個唬爛的算命師會吐出的話語……

高予潔不自由地細細的打量起這位女攤主來……

約四十開外的年紀……

深咖啡色的皮膚，黑亮的長髮，烏漆漆的眼眸……

有著典型吉普賽人的外貌……

但卻絲毫沒有帶上他們的野性與粗豪……

反而透出股文雅與知性……

「我只是想讓妳感受到下妳目前的氣場……」

女子繼續說著。

「是的，『Aura』……」

她特別強調這個英文單字。

「那就是妳的身心及現處的環境……」

「相互交合而成的情況……」

「這個水晶球是有靈性的……」

她像對寵物似的，輕撫著那深紫色的球體道。

「妳只要將雙手置在球上……」

「心無旁騖，精神專注於眼前的物體上……」

「這水晶球內部便會產生某種光影的變化……」

「來顯示出妳氣場爲何……」

高予潔聽得半信半疑……

「其實，這也等於是在做種，更深入檢視自己內部的工作……」

「接下來，便可以進一步，發揮它的積極意義；改善調解自身的一些缺失……」

她繼續地詳示道。

「體驗一次，收費是多少？」

高予潔不想被「敲」，所以，不得不先問得清楚點。

「一磅。」

呀，這眞是個出乎意料的「good price」……

幾乎等於是免費那樣！

她把兩手平放在球體上……

整個人卻顯得有些些緊張……

睫毛及指尖在微微的顫動……

「輕鬆點……」

吉普賽女子舒解性的拍拍高予潔的背部。

於是，她便放自然了些……

約一分鐘後……

再把手自球體移開……

讓對方觀察水晶球內的變化……

「該怎樣稱呼妳呢？女士？」

審視完水晶球後，她便抬起頭，問著高予潔。

「我叫 Kelly。」？

「嗯，Kelly……」

高予潔見到這女算命……或許，該稱之爲氣場師會更恰當些……

面容上罩了層深深的疑惑……

「現時，你的氣場……」她不確定的停了這麼下。

「這樣說吧……」

「似乎有甚麼不名的物質橫亙其中……或許……」

「也還未能判斷是否爲一種物質啦……」

「透白，透白的……」

「有些微亮度，還有點流動性……」

「球內的光有產生此種型態的變化……」

她繼續盯著水晶球看，似乎想尋出個更精確的答案……

「這女的探準了！」

高予潔外表雖不動聲色……

但實則卻是「心有戚戚焉」！

「呼……」

「漂亮小姐……」

「怎也有興頭，來逛這個市集大拜拜呀……」

一個似曾相識聲音從背後傳來……

高予潔猛一回頭……

只見那個二百五記者——羅盛保正調侃似的盯著自己……

「我不叫『漂亮小姐』……」

她慭著氣抗議道。

這個人不論說啥做啥，總是透著股「癟三」味。

「那妳是叫甚麼來著？」

「高予潔。」

她只得把名字說了。

「嗯，高予潔……」

羅盛保掃了攤前的水晶球一眼，然後，扮成有點傷腦筋的樣子道：

「運道不太順遂……」

「所以，想求神問卜一下……」

「看能不能中到樂透，或招個桃花甚麼的，是吧？」

他對高予潔捉狹地眨眨眼。

當她正想對這『痞子男』抗辯幾句時……卻見紀鵬宇拿著個袋子往這邊過來……

「予潔……」

他走近叫她，眼光卻不期然落在羅盛保身上……

「這位朋友是……」

不知爲何，這記者竟如此裝模作樣咳了一聲，還現出了個像惡作劇得逞般的表情……

「紀鵬宇先生……」

他一下子就直呼出他的名字來。

「您還眞個兒是『貴人多忘人』！」

「對我一點印象都沒啊？」

「上回，你到香港參加個語言學的研討會……」

「我正巧在那兒，要替我們的刊物撰文報導……」

「因爲，覺得你的發言要比其他的參加者出色……」

「所以，私底下……」

「還特地，專訪了你哩……」

羅盛保口齒流暢的，一口氣把要講的都全給講了。

「哦，你……是……」

紀鵬宇卻一時仍還答不上話來……

「敝姓羅小字盛保……」

他向紀鵬宇微微地彎彎腰，帶點戲謔的味道。

「噢，對，是羅盛保先生呦……」

紀鵬宇急忙地握手。

「我太沒記性了，很抱歉……」

「小事一樁啦……」

羅盛保滿不在乎擺擺手。

「鵬宇兄，怎麼到這 Colster 來了?」他問著。

「我在這兒的大學唸研究所……」

「蒙你見笑了……」

「這把年紀，還來唸書……」

紀鵬宇靦腆的拂了下頭髮。

「甚麼話啊……」

「精神可嘉嘛！」

他用手肘輕碰這位差點要把自己整個都遺忘了的人一下。

「我到這鎮來，是想查訪些事……」

羅盛保說完此話後……

便就如同在探究甚麼似的，眼光停駐在紀鵬宇身上搜尋著……讓紀鵬宇感到不太自在……

「眞是個不知檢點，全沒儀態的傢伙……」

在旁的高予潔，看到了羅盛保此時的形容……

心理不禁暗罵道。

等羅盛保收回了目光後……

眼底卻掠過一絲驚異……

紀鵬宇也意識出；他和這名說是採訪過自己的人物之間……似乎存在有某種的「不妥」……

於是，他便藉故離開道：

「剛才，買了本魯爾道寫的『外語學習潛能完全喚醒』……」

「現在，想想……」

「這人另外一冊著作『創造自我語言的格性』……」

「也可以拿來看看……」

「所以，二位，失陪了……」

他向羅盛保及高予潔微彎了下身。

「我得再回書攤一趟……」

那知，羅盛保卻仍然意猶未盡似的……

盯著紀鵬宇的背影一陣……

「這人不對勁……」

等他整個身型都從視線內消失後……

羅盛保不禁如此喃喃自語道。

「你才不對勁哩……」

高予潔毫不以爲然，低低地，小小聲的插上這樣一句。

也不知道是沒聽得很清楚，或是根本不以爲杵……

羅盛保卻仍立在原地，動都不動地……

沉浸在個人的思維中……

高予潔感覺有些無聊……

忽然發現……

不遠處……

波莉正在一個攤位上選購手製袋子……

她想過去找她……

於是，便向那名吉普賽女子稱謝……

感激她所提供的服務，並付上一磅的費用。

但，卻下文未了……

吉普賽女子在認眞地注視高予潔幾秒鐘後……竟有所思的開口道：

「Kelly……」

「你目前的處境……」

「有點特別……」

「雖然，我也不能確定爲何……」

「但卻不免會擔心……」

她又望了她一下。

「會突然發生甚麼異象……」

「讓妳備受困擾……」

高予潔不是不懂………

對方是選用了較和緩的詞句來表達意思……

其實，想講得應該是……

「將不知有啥種災禍降臨，會危及到妳的自身……」

她卻坦然地笑笑以對……

「從住到這鎮裡來的，第一天起……」

「我就已經作好準備……」

「可能要面臨些非常態性事物……」

「及它所帶來的危機，風波……」

「我並不嬌嫩……」

她昂昂下巴。

「『勇於面對各種突變』……」

「這點能耐……」

「我倒自信不會沒有……」

「妳是個很有膽識的女孩……」

吉普賽女子對高予潔讚美的點點頭。

「對了，這是我的名片……」

她遞給了高予潔張小紙片。

「我叫艾薇莎……」

「在鄰近的辛頓鎮……」

「開了間燻香店……」

「歡迎妳到我店裡玩玩……」

「這名片上有地址的……」

原來如此……

高予潔這時才明白為何總有股淡淡的燻香味從這艾薇莎身上傳來……

「所以，擺這水晶球攤……」

「只算是消遣性的副業……」

「不過呢……」

她一付十足愉悅的模樣。

「可以多瞭解人……」

「也能另外再結識些朋友……」

難怪……

才收這象徵性一磅作為觀氣場的費用……

原來，以非營利為目的……

「以後，有機會……」

「我們還可以再多談些……」

「我曾經在劍橋大學修習過些靈學的課程哩……」
「人的氣場範圍，可以深自靈魂深處……」
「亦能廣至天體宇宙的……」
「氣場學該是門很有探討性的學問才對……」
艾薇莎口吻變得宛若個學者般。
「我很願意再見到妳……」
高予潔拉了一下這吉普賽女子的手，誠摯的表示。
她向艾薇莎道別……
而那個香港記者羅盛保卻還猶自像個傻子似的在原地發愣……
「是這人合該去測測水晶球才對……」
「氣場大有問題……」
她心理咕噥著。
一道目光射過來……高予潔隨即轉身，尋找目光來源……發覺到……
是江明生！
正立在離這攤子約一尺之處……
銳利地，研判似注視著水晶球及艾薇莎……
即使四週人來人往，嬉鬧喧嘩……

他似乎一點都沒感染到那份活潑歡樂……

全身仍罩在股陰森森的，詭密氣息裡……

「看來……」

「這兒不止是東西有看頭……」

「更有不少稀奇古怪的人物在此出沒呢……」

「此現象，也可謂是此市集，另一重的『贈禮』吧？」

高予潔漫想著……

來到了賣布製手袋的攤子……

波莉一見到她，就忙不迭地，遞個銀灰色的袋子過來道：

「怎樣？滿不賴的吧？」

「呀，繡得還眞不是普通的好咧……」

對著袋面的刺繡花樣，高予潔由衷地發出了聲讚嘆。

那幅繡圖是雪景中的教堂……而無論是教堂的尖頂，緩緩飄動的雪花，或是積雪的枯樹枝……

都繡得精巧絕倫，栩栩如生般……

「這袋子還不止是具有『外在美』……」

波莉得意洋洋的炫耀著，彷若這袋是她自家生產似的。

「裡頭還『另有乾坤』呢……」

她打開袋子……

「妳看……」

「此處有個大口袋，是吧？」

她指指袋裡的設置，一付像是要變甚麼戲法的神氣。

然後，俐落地把那大口袋「嘶」的一聲給取了下來……

「這東西是活的……」

「可以隨時拿掉的……」

波莉揚揚手上的布口袋。

「它底下……其實，還另設有個袋子……」

她拉開了剛才口袋所在地方，所現出的一條細細地拉鍊……使底層的袋口顯示出來……

接著，還示範性把手伸進那袋口裡頭……並加以解釋道：

「這暗袋的面積，恰巧是袋面上那棟教堂建築的範圍……」

「所以……」

「如果，放物品在其中……」

「袋子變膨了……」

「那整座教堂的輪廓便會完整的浮突出來……」

「而使圖型變得更加立體……」

她收回袋中的手，去觸摸了那教堂繡圖一下。

「有所謂國中國，樓中樓之類的……」

「而此等設計，可被稱作『袋中袋』……」

「挺有意趣的ㄡ！」

波莉紅蕃茄般的面孔，漾出了圈圈的笑靨……

就像是是挖到了寶……

而高予潔卻如同被一根電棒給擊了下……

似乎有甚麼給喚醒了……

在家中的地下室……

她找到的那個靛青色的袋子……

袋面上有著自宅的圖案……

那圖樣好像是有點鼓出來……

而袋裡也有個大口袋……

「袋中袋」……那大口袋下面也是有個「袋中袋」嗎？

高予潔幾乎是飛奔的……

從市集趕回家中……

緊接著……便迫不及待的從房裡找出了那個袋子……

然後，模仿波莉先前的動作……

試著看能否將袋中那方大口袋給移開……

果然，也一撕就鬆脫了……

同樣地，有條拉鍊暗藏在這口袋底下……

高予潔拉開了它……

從暗袋中，取出了個信封……

信封裡，裝了幾張折疊齊整的信紙——但它們卻非平常市面所販售的……

淡米黃的紙面上，另有著，她所知悉，金泛集團的特有標誌——金鑄的船舵圖案！

「這集團用紙的質料還特別的堅實哩！」

她捻了捻它們的質地。

深呼吸了下後，高予潔便攤開信紙……

仔細地閱讀上頭的文字……

「予潔：

妳能看到這封信，表示已經入住於此……

並且，曾極其用心去體會及了解過整棟屋宇，才能覓得此信箋——而我亦已料得到，結果——

——必然如此……

現刻的妳，如果，仍在懷疑著；

究竟我是拿何種身分來寫信予妳？

那我可以清清清楚，明白確定的告訴妳……　是祖母對孫女的！……」

「『祖母』呵……」她心中呼叫著。

忍不住輕撫著信上的這二字一番，才繼續往下看……

「無論就個辛苦養大獨子的寡母，抑或飽經滄桑世情的事業女性觀點來看……

太懸殊的配偶，都是會大幅度的增加婚姻的困難與風險的……

對已成長，且經歷過些事的妳來說……

這種看法，相信不致於會是持著完全否決的態度才對……

或者，妳心中仍殘存那一絲恨意……

認爲我對你們向來都不聞不問……

但，予潔，妳可曾了解過……

妳父親在補習班任教……

所得的薪資，總比其它同事要高些……而妳向銀行申請助學貸款，竟可以在毫無擔保的情況下，就借到想要的數目……

尋找工作，幾乎都很快的就會被錄取……

事假病假，也從不用被扣工資……

這種種的一切……

是否讓妳曾懷疑過……

全是因爲背後有個隱藏的推手助力？

在臺灣……

其實，我一直有暗中派人在密切注意著妳父親及妳的生活動向，然後，要他們時時地，無間斷的向我匯報……

妳曾收留一隻流浪貓，後來，也許是它自己走掉了，過了段時日，就沒見過妳再去買貓糧了……

很怕高麗菜的味道，但仍強忍著不習慣，去幫隔壁的婆婆賣煎包，還不小心被油燙到了手……

在家的陽台上，試種過草莓，不過，沒成功，只得遺憾的把枯枝葉掃走……

獲知自個孫女兒的這些生活點滴後，我便能感到；她似乎並不是離我那般遙遠的……

妳明白了情況……

不知是否會因爲長時期被如此「監視」，而覺得惱怒？

認爲我這個老奶奶始終都是如此跋扈？………」

高予潔一滴淚恰恰落在那個「？」上面……

稍稍停會了……

她才眼睛微朦地再去探索信中的內容……

「妳心中必定還存在著個莫大的疑問，那就是……

我爲甚麼把這棟宅子留予妳？

就先從我和這房子的淵源談起……

能將金泛航運恆久地經營下去……

一直是我呑忍了無數的不情願及經歷重重的武裝才換來的……

而身體的耗損，更是不在話下……

所以，我也總不時想找尋些清幽，閒適的所在……

去小住下——來放鬆自己的身心……」

「果然，這金泛航運對祖母來說……」

「是個十足的『精神樊籠』……」

她想到了劉顧爲的話。

「Colster便是在我此種心境下，所覓得一個地方……

來到這鎭後……

也確實因它的寧和與純淨，使我得到了些鬆弛……

剛開始，我住在小旅館裡頭……

沒事時，就四處蹓蹓……當我走進這座樹林時……

就隨即，被眼前的一棟建築給牢牢地吸引住了……

它外觀雄偉，有著英式的古雅風情……

卻又別出心裁的；用了個明亮又富朝氣的藍色！

我怔怔地注視這房子許久許久……

事後……我便向人打探……

知道了這所房宅仍空著……

屋主是名叫傑佛利的英國人……

於是，我便去找這位傑佛利——他有隻跛的右腳，臉上迤邐著條既深且長的疤痕……

是個外型有些缺陷的中年男子……

但，他人倒也爽快……

馬上就答應，打開了屋子門，讓我入內參觀……

一進到這兒，就彷若踏進了時光隧道……

屋裡……

舉凡結構，佈置，傢俱……

都洋溢著濃濃的老英格蘭風情——而那正是我所中意的！

我向傑佛利表示：想購置此屋……

他的回應卻是……

『女士……』

『妳是帶著觀光性的心理……』

『來看這屋，所以，覺得它有趣，雅美……』

他盯著我，臉上有某種的陰霾……

『但這屋子本身有它的『獨異性』……』

『不能單憑它的外貌就去斷定一切……』

『硬要拿來當作住家……』

『恐怕有諸多不順……』

『被你這樣一講，我就更想搬進來了……』

我卻如此輕鬆的回應道。

強烈地想向「不能」挑釁的意願——予潔，妳也必定經常有過……」

看到此，高予潔不禁會心一笑……

「『傑佛利，我們就乾脆來個約法三章吧……』

『我買下屋子後……』

『不論遇到任何大小問題……都自己扛……』

『掛保證，絕不去煩擾你絲毫……』

他見我如此執拗，便也不再去堅持甚麼了……

依我的判斷……

傑佛利並不是位經濟情況極佳的人……也許，他隨後想想……

無論如何……

能把個空屋給套了現，還是比較務實些……

將房子稍事整頓下，我便從旅店搬進了此處……

當我將這個新住所的裡外前後，好好地巡視一遍後；心中不禁生出幾分雀躍的情緒……

覺得自己像是重新身處在大不列顛國過往的榮光裡頭……

於是，便下了個極任性的決定……

將『金泛』託給我弟弟，也就是妳的舅公——錢威生，代理暫管幾個月……

而我就準備在這段時間中，好好的享受下這浪漫的英式莊園生活……

在孩提時代——我就是經常邊讀童話書，邊做著此夢的……」

「祖母，這會兒，可是從個女鐵人變成個小女娃了……」

此刻的高予潔，體受出信中祖母那番心境……

不知覺，竟獨自嗤嗤地笑了起來……

然後，懷著更大的興味再去瞧信……

「我還專程請了個花匠何賓來整治園子〈想必妳已經見過他了〉——因爲，我總認爲；有著斑爛茂盛的花木，圍繞在宅子四週——才有足夠英國莊園的氣氛……

這何賓與我同是來自香港的廣佬，土親人親，我和他偶爾也會扯扯家鄉事……

在幾次閒談後，我發現他是個非一般性的人物……
不止懂得蒔花植草，對於一些奇術，玄說，天體學都有所涉獵……
他形容自己是……
因爲一直在搞財務，所以，想擺脫點銅臭味，增些兒靈氣……
「這花匠也曾這樣跟我說過……」
她對著信紙自語道。
就像跟祖母在對話一般。
「我揀了個咖啡紅和深褐黃兩色互搭的房間來作臥室……
它裡頭還置有壁爐，高闊的穿衣鏡，巨幅的風景畫這些……
它整體給我的感覺是：溫暖，沉穩，卻又氣勢攝人的……」
「果然，祖母會選擇『這樣』的一間睡房……」
她憶起初來此：自己所作的那番揣測……
「我極具信心地面對要在這 Colster 所展開新的復古式生活……
初時，日子也確實過得頗爲清暢自得……
直至……那天上午，我照例，穿戴整齊，準備外出……站在那面穿衣鏡前，做最後的儀容檢查……
我向來很鍾愛這件傢俬……

它的鏡面夠長，夠寬——能把人從頭至腳，完完整整的反映出來……讓使用的人不會忽略掉自身外觀的任何一絲缺點與暇疵，而得以徹底的修正它們……

鏡架與鏡臺又全都是厚實的原木料——給人製造精良之感……

我拉拉衣領，卻不經意的發現到鏡子最上方，有幾粒水珠懸在那……

家居用品沾點濕氣是很平常的，所以，我毫不以爲意……

拿了塊乾布，稍稍墊高了腳……

便去揩鏡面上那塊有點「潮」的的地方……

這時，我才發覺……

沾附著在那布纖維上，竟是數顆『冰屑』……

但，你說，那是冰？

可是，摸起來，卻軟軟滑滑的……

是固體，但，爲甚麼又具有種流動性？

這到底是啥？

爲何出現在房裡？

該不會是來自甚麼宇宙外太空的謎物吧？

一連串的紛想後……

我悚懼了！……」

「祖母此番思維，也曾被自己在腦中『復刻』過一遍的……」

高予潔憶起了那個從儲藏室走到花園的夜晚……

「接下來數日……

這種類似『冰』的物質〈只好，先暫且如此稱呼著〉，不時又從牆角，畫框邊，椅子底下……給滲出了些〈用『滲』這字，我也不知是否恰當？〉……」

「聽說，祖母是個處事異常嚴謹的人……」

「原來……」

「她竟連對一些文字的斟酌使用，也都是這般的分外小心……」

透過書信上的此段敘述，高予潔對這位航運業女霸主的格性，終於，有了那麼更深一層的體認……

「而且，屋子還逐漸被層寒氣所籠罩——這和外頭的豔陽天氣候是毫不相符的……

我開始感到陣陣地不安……

試想著；最先，是從那面穿衣鏡上頭發現到那些『冰』的……

這鏡合該就是此種神祕物質的源頭吧？……

在它的背後，會有另外隱藏嗎？

沒多加考慮，我便快快的找了工人，把那面又大又重的水銀物體給移開……

見著了……一扇門！

上頭密密麻麻，刻著許多從未見過的，圖樣符號……

捲曲氣泡般的雲朵，像顆海膽的生物體，如一條直立白帶魚似的人型……

〈當然，這不過是我個人的，極具主觀色彩的形容方式罷了！〉另外，還有些奇奇怪怪的，類似鋤鈸，鑽子，圖釘樣子的文字〈或者，是種標誌？〉我心中蕩起種預感……

這是來自另個時空的『警示』……

會對我們所處的人類地球產生某種極『負面』影響的『警示』！

於是，我又趕緊請人把鏡子搬回原來的地方，遮住那扇門……

而不是進一步想法子，把門竅開……一探究竟！

這就像是掩耳盜鈴似的，來場自我欺騙……

以為眞的可以阻擋些甚麼……

妳可能會偷偷地在想；

這老太婆，表現得未免太膽怯些……

身處在集團……

我曾做了些在旁人看來……

是過於冒險，大膽的決策……

但，再怎樣……

這些事情都還是在地球軌道上，人類規制下……所運行的。

倘若，那扇門被打開……

眞不知會發生啥情況？被捲進一個不知名的黑洞？

扭曲成某種異形呢？……」「祖母對件非常沒概念的事……採了取裹足不前的態度……」

「是膽小或是謹愼？本也只是同義不同詞的，一體兩面罷了……」

高予潔骨子裡，其實還頗爲認同這女強人的此番作法。

「我克制了去找傑佛利的衝動……

畢竟，承諾過：

這屋子有任何的問題，都將自己頂住……

絕不去煩勞他這位屋主半分……

這點面子，我倒還撐得起……」

「祖母的女鐵人本色，還是要那麼適時的發揮下……」

她微笑盯著信裡那「面子」二字。

「然而，我這心事糾結，不甚開心的模樣……

卻終究逃不過何賓的目光……

他向我探詢原因……

我就將他引至房間……

觀看那些不知從何處泌出的「冰粒」及鏡子後面……那道門…

他揀了粒，置在手掌心……

細細地觀察了會……

再將它放回原處……也看了下門重返至客廳……

何賓在沙發上坐下來……

然後，捏著下巴，伸長雙腿……

獨思沉默了好一會……，才開口道：

『錢女士……』

『有件事，要先和妳提一下……』

『前天，我在花園工作……』

『休息飲水時，不慎，將帶來的冰茶壺上的一粒冰，跌落至土壤上……』

『奇怪的是……

『當時，太陽很大，氣溫頗高……』

『但，那粒躺在土上的冰，卻遲遲不見有絲毫溶解的現象……』

『所以，讓我心中起了個疑問……』

『會不會這兒的土壤，特別『保冷』呢？……』

他明白似地輕點下頭。

『剛剛，妳給我看的那些『小粒』……』

『雖然，不能完完全全被視爲是『冰』……』

何賓看上去，有點苦惱。

『但，不能否認……』

『它們仍具有『冰』的性質……』

『有人不知從那兒，引進了這種物質……』

他提到『人』這個字時，語氣卻是飄浮的。

『看準了此地土壤，有可以保持它冷度的『非常性』……』

『便以這屋子做據點，你的房間爲此點的中心……』

『來不斷的輸送此種？……『冷體』……』

這位博學的『花王』一直地推論下去，但言行舉止間，卻仍充滿了不確定感。

『也先別貿貿然的打開那扇鏡後門……』

『觀察它上頭的那些圖式……』

『我認爲，大有可能……』

『此門是與我們未發掘，更是毫無理解的『外星異域』有關！……』

他凝重的望著我。

『妳要不要先搬離這房子，或者，乾脆就回香港呢？』

何賓隨即如此的問我道。

我想；我和他都有番相同的共識；
這些冰是具有侵略性的！
但，我選擇……繼續留守在這宅子中……
一方面，是仍然沉浸在此間道地的英國風味中……
也想逃避自己的工作再久些……
另外，心裡還有那麼點微妙的在期待著……
這些冰會有變化……
何賓照了兩張此處土壤的相片給我……
而他拍下的那些『冰粒』……
卻無法顯現影像……
猶如靈異事件般……
卻也進一步證明到……
它們的確是『非我物類』……
不過，後來……
我卻也沒有在這 Colster 呆到原先預定的天數……

一個晴朗的早晨……

我起身後，精神顯得特別的振奮……

之所以如此……

因爲，昨晚，妳舅公來電通知了好消息……

『金泛』將再度獲得了政府頒的『優良企業』獎章……

另有，國外著名財團，答應注資其中……

梳洗後，我挑了件較鮮艷的衣服換上，化好妝……

照例準備出外散步……

挽著手提包……

我興緻勃勃地站到穿衣鏡前……

卻發現到……

鏡面上的冰粒………

不似以往只是幾顆，幾顆在懸掛……

而是一大串，一大串的凝結著……

我不免有些驚慌……

就在心神還未定之際……

冰粒卻已從地板，牆的四面，房間各個角落……

如洩洪般……

大批，大批的湧進……

然後，就像背後有某種力量在操控它們似的……

一下子，就整個地往我站立的方向襲來……

我無法具體形容出那瞬間的感覺……

房裡變成了個超級冷凍庫——不再若以往，只是蕩著一股薄薄的寒意……

這些冰……

不僅僅要侵襲我的身體……猛烈到……

像是要將我內部的精神靈魂都吞噬掉似的……我毫不猶豫的就衝出了房間……

「啪」的一聲關上門……

再快快的從提包拿出鑰匙……

把門鎖住……」高予潔這下總算明白；爲甚麼漢斯會在祖母的臉上看到了那種凍得發抖的表情及十足慌亂，害怕的樣子……

「離開房子後……

便疾步的走向車站……

搭上了最近一班開往倫敦的火車……

我甚麼都沒帶出來……

僅拎著那只包……

所幸，裡頭倒也一應俱全……

有證件，信用卡，這屋子的所有鑰匙……及一些英磅現鈔……

在倫敦盤桓了兩天後……

便搭機回香港……

重新過回我『金泛航運』女總裁的生活……

在這番又是會議，部屬，客戶，文件交錯的日子中……

我幾次用電話連絡過何賓……

他表示；知曉了我所以離去的原因後……

曾再到過那所宅子……

外觀，倒也無啥異狀……

只是園子的土中，又多了幾顆那種『冰粒』……

不過，對植物的生長，卻也沒造成任何影響……

而屋子內部的陳設，均無恙……

那把插在房間門上的鑰匙，依然安安穩穩的插在鎖孔裡……

於是，我叫他把鑰匙拔起來……

丟進客廳裡一個插有羽毛花的花瓶底下……
算是把『它』給隱藏了起來……
另外，把房子的門鑰匙 mail 給他……
讓他拿去，打造一把相同的……
再將原先的寄返予我……
然後，將大門鎖上……等於：
把這房子給『封』住！何賓表示，依照他的看法……
我在房中，遇著了那場『冰襲』……
該仍屬於實驗性質……
而未至『成事』階段……
所以，那些『冰』，還可以被『鎖住』……
而沒去外洩，釀成災害……
但，或許，在未來的那天，某個時刻……
時機成熟……
這些『冰』也就眞的會大舉進攻……
改變現時地球人類的面貌也說不定……
〈當然，他也強調；希望這不過是個人的一番想像，而不要去實際發生的才好！〉

我問何賓；是否還要繼續做整治這園子的工作……

他竟如此回答：

『如果可以，我會一直做下去……

一來，不願意看到這些自己辛苦栽培的花木荒廢……

二來，仍想探討探討這些『冰』的謎底，如果，常接近這屋子，就能多增加些解謎的機會……』

我自然也就隨著這位花匠的心意，並告訴他道；要是我不在人世，他亦可向我的基金會領薪……

接下來這幾年……

何賓除了向我會報他一些蒔花植草的情況外……

卻並無再談及關於『冰』的事……

那扇房門應該也沒去開啓才是〈?……〉

雖然，有讓些親友知道我在U.K購置這棟房子的事……

但，卻沒向他們吐實我的遭遇……」

「就是這樣……

才讓那個錢欣兒不顧自己及他人死活的，硬生生地給闖了來……

還上演一齣失蹤戲碼，把個『安逸小鎮』搞成『是非之地』！」

高予潔不由得又想起了這位「表表姐」在這兒的種種……

「所以，這些詭異的冰，就彷彿已完全被隔絕在這棟位在僻遠的英格蘭鄉鎮古宅中……而未再我往後的生命中出顯過……

當得知，我罹癌，而即將告別塵世……

勢必要交代遺囑時……

腦中第一個閃過的個念頭……

即是……把這屋子交給妳！

我心中有兩股情緒交疊著；情緒的最上層，是全然『感情性』的……

我，其實是，十分捨不得那棟宅子的……

它——氣派堂皇，卻又如此的溫馨愜意……身在其中……

就像被位威嚴又慈祥的母親，緊緊擁抱著般……

我甚而能在裡頭，無所事事地窩上整天，不踏出門半步……

妳可能認爲十分荒唐可笑——我竟視這屋子是有『生命』的！

除卻冰的問題……

我的確有這番深切的『人屋合而爲一』的感受……

最終……

我還是要將此『心靈宅第』……

留給我最親，最重要的人……」
當高予潔的目光落在信中「最親」「重要」這幾個字上頭時……
持信的手，竟會不穩的抖動了起來……
「接下來的那層……
算是有點『私心』啦……
幫我在臺灣傳遞妳消息的探子……
曾說過：『您的孫小姐還挺有意思的……』
他老是見到妳不時的到書店，去翻閱那些偵探冒險的小說……
或者從DVD店帶回甚麼星際大戰，祕境搜奇之類的影牒……
我也經常在他所暗攝的相片中……
見到妳鎖眉咬唇，一付天大委屈，都可吞忍的模樣……
那付形貌，看上去……坦白講，反而是有點令人發噱……
但，亦讓我見到了……
妳所具有的勇毅性！
而且，可能，只是一直沒碰到過……
我的孫女兒是需要一個能讓她發揮的探險舞台！
所以，妳該會願意接承我在這『夢幻之屋』——未竟的，想解開『冰』之謎的心願！

心意既定……

我特地請人縫製了個有暗袋的提包……

並用我所提供的圖樣，在包面上造了個這房子的圖樣……

將寫好的信放進了包中的暗袋……

再將此物寄予何賓……

請他盒裝起來……用他持有的另把複製鑰匙，打開房子大門，入內……

將盒子置在儲物間！

予潔，我對妳的這份祖孫之愛……

是經年累月深隱著……

同樣的……這封我唯一，也是最後寫予妳的信……

也是『深隱』的……〈它的內容，絕大多數是我從未向任何人吐露過的實心話！〉這像一個詭計！

但我總還是想；多考驗下孫女兒對這房子所有的『用心度』！

當妳閱畢此信……

將會……

迅速搬家？

繼續留住，但不去多理會那上鎖的臥室及冰的疑問……

無懼地，打開那間房……
一探這冰的源頭……
不論妳做出的是何種舉動……
泉下的我……
都無異議……
畢竟……
能順著心思，又意志堅定的生活下去……
才有幸，得其人生眞味……
所以，對妳日後一切……
我亦皆樂觀其成！
愛妳的祖母」

高予潔從未有過一刻……
像此時，心頭這番的百味雜陳……
欣喜，感動；原來都是眞的；祖母一直是那麼不間斷的，關愛自個……
抱憾後悔；爲什麼，就不知道在祖母生前，想辦法和她見上一面呢？
驚異，疑懼於祖母所講述這屋子的不可思議……

更猶豫不決自己今後的道路……

她再看看信……目光滯留在……「何賓照了兩張此處土壤的相片給我」那段上頭……

她不禁狠敲了自己腦袋一記……

前不久……

何賓送上份要購買新花苗的名稱及價格的列表，給她過目……

她自認不大懂園藝……

因此，沒怎麼在意的，就把這張紙擱在一旁……

要是她能多留心紙上的字跡……

就會發現那兩張關於土壤照片的字——即是何賓所寫……

那也許，根本就不用等到現在……

可以早從這名花匠嘴裡……

探知此事情……

儘管，次日並非何賓的工作時間……她卻打電話，請他明天上午，務必來上這麼一趟……

何賓坐在客廳……

捏著下巴，伸長雙腿——完全像祖母在信上所形容的……

高予潔將祖母的那封長信遞予他觀看……

並告訴他……

這信是從他幫祖母藏起來的袋子中找出的……

何賓以極快的速度將信閱畢……

「我估得到……」

「錢女士的這只手袋子……」

「必定包含這份她『深』且『遠』的心意……」

他一付等待高予潔問話的姿態。

「這些年……」

「何先生，你雖是以管理外頭的園藝爲主……」

「但，就沒發現到任何有關這屋子的變化嗎？」

高予潔探索性的望著何賓。

「沒有……」

他平平的答著。

「但，我有察覺到……」

「這些出現在土壤中的『冰』……」

「似乎在日益茁壯中……」

「已經比錢女士在時，所看到的……」

「要大顆得多……」

何賓的口吻透出一絲壓迫感。

「那該不是……」

「它們的『侵襲性』也已變得更強大了？」

高予潔不安的在猜測。

「你是知曉祖母臥房鑰匙的所在的……」她又緊接著說。

「難道……」

她稍微停了下。

「你就從沒過動過一點心………」

「想要開啓那道房門……」

「瞧瞧究竟？」

「錢女士才是有權決定這屋子的一切的人……」　他頗不以爲然的答道。

「不管她看得見，還是看不見……」

「在世或不在世……」

「我都該尊重她……」

何賓的眼色坦白而澄澈。

「在她心目中……」

「該是另有一位重啓這道門的人選……」他定定的注視著高予潔。

「其實，我是相當徬徨……」

高予潔不安定的，兩手那邊交纏互搓著……

「開或不開呢？」

她問自己。

「何先生，你能不能給點意見？」

她無助的掃了何賓一眼。

只見，對方卻立起了身子……

逕自走向那個插著羽毛花的花瓶……

拿開花朵……

將手伸進瓶裡，取出了鑰匙……

交予高予潔道：「妳仍然處在極大的猶豫中……」

「所以，現時，不管我說些甚麼……」

「妳恐怕還是無法接受……」他再看了看這名神色迷離的女子，最後，就只得這樣說：

「需要有些其他，旁的，更具刺激人或事……」

「來促使妳拿定主意！」

「但，你這也算是給我意見了，對不對？」

「所以，還是要謝謝你……」

高予潔虛弱的笑笑，對何賓欠了欠身。

接著，她便極小心地打量手心中的那把銀色鑰匙起來……

普普通通的金屬質料……

無任何特殊的造型設計……

尾端，寒光微閃……而這一絲絲的光……

竟會給人帶來幾分震顫……

就如同實際摸著了那些『冰』般……

使得這樣一件平淡無奇的家用小物……

高予潔握起來……

竟變得有如千斤巨石般的沉重！

第四章　「冰」〈？〉的威嚇

發現到祖母留給自己的信後……

高予潔的精神，就這樣整個的被「困」住了……

她不停的在那兒翻來覆去的想……

乾脆就這麼給豁出去算了……

不計後果……

一股作氣，把門給開了……

完成女強人祖母的心願……

也滿足了自己好奇，喜冒險的心態……每當她這種念頭衝出……

她又即刻想起……

錢欣兒失蹤時……

警方找來的人，無論怎樣的撬門，破窗……門窗依舊完整如昔……

房裡似乎有股特異的力量在檔著人進來……

祖母離開的這些年頭……

房中也料不準……會有個怎樣的移型換樣法……

她掂了掂手中之鑰……

搞不好，連此玩意也失靈了……

當然，這並非她不去打開門的充分理由……

她躊躇不決……

在母親走後……

她過了段顛簸不定的日子……

進了「三元」證券……

覺得日子漸上軌道……

後來，一個大轉灣……

住到這陌生的U.K小鎮——又有了那麼番殊異的境遇……

可是，她對日後的人生……

仍然有著其他的幻想與期盼……

她年齡是快三十了——但，也不能算太老……

萬一……要是眞的有那麼個「萬一」……開了那扇門……

竟成爲生命的「終章篇」……

那可眞會令人相當，相當的不甘心的……

她去找紀鵬宇——這是她目前認爲，唯一可以信託及傾訴的人……

高予潔將自己從小至今，所有的情況告訴了他……

「不管怎樣選擇……」

「妳都沒對不起別人和自身，對吧？」

紀鵬宇用著特別輕快的語調說道。

「但，如果那天……」

「妳決意使用那把鑰匙了……」

「請讓我一起……」

他溫柔地拍拍她的手背。

「我與妳……」

「休戚與共，禍福相隨……」

紀鵬宇顯得很堅定。

「還有……」

他考慮了幾秒鐘……

「如果，那位『愛因斯坦』無異議……」

「不妨，也給江明生參予……」

「他對化學元素，物質原理……」

「有精湛的研究……」

「找他——或許，我們比較有機會得到張『安全網』……」

聽過了紀鵬宇這番話……

高予潔知道；最終，事情仍需要本人斟酌……

而對方提了「休戚與共，禍福相隨」這幾個如同「愛的告白」的字眼……

倒是令她心頭舒坦不少……

至於要江明生參予這事……

雖然，平時……

她並不太認同這個「怪咖」……

但，若眞要踏進個有甚麼未名物質存在的險地……

帶上這傢伙……

也的確是較周慮的的作法……

高予潔用姆指，食指豎起那根鑰匙……心底變得比較有數了……

這天下午……

高予潔走進了鎮上的小酒館……
想喝杯啤酒，解解悶氣……
在吧台，點了個特大杯的……
決定了座位……
卻瞧見了江明生，正在另一張桌上……
她對他敷衍性的點了下頭……
出人意料的……
他竟向她走了過來……
逕自就在她對面坐下……
沒來由的，他就迸出了這樣的一句話！
「我高估了妳……」
「甚麼啊……」
她喝了口侍者連著啤酒送到的水，差點沒噴出來……
「紀鵬宇把妳的事都跟我說了……」
江明生手玩弄著桌上的杯墊，人卻呈現出思考的狀態……
「妳和波莉，芭比不同………」
「她們在一般的情況下成長……」

「父母庇護，家庭蔭佑……」

「物質不缺，精神也有依靠……」

「日子就像絲緞般平滑……」

他的手指輕輕的溜過了那個杯墊面……

「所以……」

「這兩個女娃兒……」

「都不是那種時時都要以極強的膽識……」

「來面對生活不停挑戰的人……」

江明生講「膽識」這名詞時，聲音突顯些……

原來如此……

高予潔明瞭了，這「怪胎」繞了這麼一圈的話，也不過是損她沒足夠的勇氣去開那道門罷了……

「哼哈……」

她故意怪叫了一下。

「整天泡在實驗室的象牙塔裡……」

「與世隔絕，孤芳自賞……」

「我也實在見識不出；你是懷有那門子guts……」她不甘心的叫道。

只見江明生不疾不徐，浮起了個嘲弄性的笑容……

「妳以爲做實驗是辦家家酒？」

他哼了一聲。

「人說；世事多變……」

「但，對我來說……」

「物質元素，它精微複雜的變化性……」

「可是遠超過人間人性……」

他舉起其中一根手指……

「一次硫磺實驗中，這指頭曾被炸傷過……」

「更差點，被突如其來昇起的火燄，給灼了臉……」

江明生對著自己的面孔，比劃了下。

「所以……」

「我可是分分秒秒都在涉險哩！」

說完後……

他便不再出聲。

繼續低頭玩弄著杯墊——維持他一貫的冷漠性。

高予潔盯著那杯墊上的圖案……

一位希臘女戰神，著著五顏六色的盔甲，持長戟，立在戰車上……

衝鋒陷陣，英明神武……

使她不覺的也就昂起頭來道：

「可以多方面去詮釋『勇氣』這二字……」

「我沒開那扇門，是不想讓自己冒然喪命……」「努力不懈去讓自己存活下去……」

「也是『勇氣』哩……」

「不過呢……」

她直視著江明生，一付準備要送戰帖的的樣子。

「爲了符合閣下的期待……」

「我可以把我個人對『英勇』二字的定義……」

「給改下……」

「今天晚上，準八點……」

「我會把門給開了……」

高予潔毅然決然的說道。

「恭候您的大駕……」

她拿起啤酒……

咕嘟咕嘟的，一口飲盡……

就像即將要慷慨就義似的……

對著這一幕……

惹得江明生笑非笑地，牽動了下嘴角……走出了酒館………

她卻不禁有點懷疑自己：

是不是太直太傻了點？

幹嘛就乖乖地落入江明生「激將法」的陷阱裡？

他也該不過就是想在自己的專業領域……

多個能研究的對象罷了！

何必就非順著他不可呀？

那何賓是料準了……

「自己是需要更刺激的人或事，才能做決定……」

只是，這人卻會是……

江明生！

挺荒唐的！

八點一刻……

高予潔亭亭的站在臥室門口……

紀鵬宇，江明生就如她的左右護法似的……

分立在她的兩側……

紀鵬宇仍是一派瀟洒自若的風度……

江明生也陰沉如昔……

而向來都是兩手空空，出現在高予潔及五人小組面前的他……

這會，卻見其右手握著個長方型，藏青色的布包……

布包相當沉舊……

破得絲絲縷縷，而且，還有污漬在上頭……

而江明生似乎很在意，很謹慎這容物……

一直寸步不離的，緊抓著不放……

高予潔手掌竟微微地沁出了汗……

紀鵬宇貼心地將鑰匙拿了過去……

插進鑰孔，往右一旋……

伴隨「喀嚓」一聲……

門開了……

當從酒館回到家後……

高予潔就一再告誡自己……

當祖母的房間……

重現在目前的一刻……不管遇到的是如何猙獰恐怖的景況……

都要從容以對……

不能慌了陣腳，反而把事情變得更糟……

然而自我期許與觸到事實時的反應……

卻是無法一致的……

他們看到一座「冰宮」！

一座會動的冰宮！

無數的冰珠積聚在床頭，廚櫃，桌子，椅背，燈座……

地上，天花板，也都堆得滿滿的……

而它們又似雲如風般的……

在那邊輕晃慢流……

當大家還未決定採取何種行動時……

所有的冰竟如同被施了法般的……

飛也似的奔向了他們……

剎那間……

高予潔已完全能領略祖母在信中所透出的那番感受〈可能，還更強勁些！〉

凍得要痛入骨髓……

宛若整個內部的精神靈魂都將要被吞噬掉……

一股前所未有的恐懼……

使她本能性投向了紀鵬宇……

而他也攬緊了她……

江明生則快快的打開布包……

將一方像黑磚的般的物體……

向那些冰投擲出去……

當那深黑色的長立方體觸到那些冰時……

竟發出如保險絲燒斷般，「嗞」的一聲……

伴隨而來的，便是一道橘色的火光閃爆出來……

火光之後……

冰居然就往後退，不再攻擊他們了……

甚至有些還開始消溶了呢……

「走吧……」

江明生對高予潔及紀鵬宇催促道。

三人出了房間……

紀鵬宇將門重新關上……

拔出鑰匙……

再交還給高予潔……

廚房裡，紀鵬宇正在幫高予潔弄熱檸茶……

「原來，我不過就是在心裡頭，嚮往著冒險的境地罷了……」

高予潔把燒水壺置在電爐上，有點羞愧的對紀鵬宇道。

「根本不是甚麼正宗的冒險家……」

她想起剛剛在房中，那付驚惶，膽小，直往對方懷裡鑽的模樣……

而覺得難爲情。

「日本著名的導演黑澤明曾說過：

『人們喜歡看英雄電影，是因爲人性是軟弱的。』」

紀鵬宇竟是這樣回道。並用匙子將茶葉從茶罐掏出，置在白底，玫瑰圖樣的瓷壺裡。

「電影『麻雀變公主』……

也有一句話是……

『勇者並不是沒有畏懼的時刻……』

「換了其他人，面對此情況……」「也是會有這等反應的……」

他儘可能的去安撫她。

「唔……」

高予潔聽了此話，卻仍然無法釋懷，就只勉強的去應了這麼一聲，。

紀鵬宇走至她身後……

將正準備在砧板上切檸檬片的高予潔……

整個人都反轉了過來……

使她能正面的對著自個兒……

「我會永遠的守護著妳……」

他雙手搭在她肩上，正色的說道。

「你已經決定好了？」

她的聲音夾雜著疑惑與渴望。

「決不食言……」

紀鵬宇舉起右手，像是在鄭重宣誓……

於是，他們再一次……

深深的相擁！

江明生獨坐在沙發上……

鎮靜如恆……

無任何喜怒哀樂，也沒甚麼肢體動作……

如同，剛才那一幕驚心動魄「冰襲」從未發生過似的……

紀鵬宇拿捧著放有整套喝茶用具的托盤，和高予潔來到客廳……

他們在江明生的對面坐下……

紀鵬宇給每人前頭，都置了杯子……然後，將壺中熱燙的阿薩姆紅茶，注入各個杯中……

並加進檸檬片……

「可以吧？不加糖的檸檬茶？」

「江……呵……不，等等……」

紀鵬宇故意裝模作樣地，停了那麼一下下……

「該稱你聲『恩公』了……」

「這會兒，還眞多虧有你……」

他對江明生半開玩笑的說。

「你誇張了……」

江明生冷然的應道。

「總可以告訴我們點甚麼吧？」

紀鵬宇端起了茶，望著這位『異型』，眼中帶有一絲探求的意味。

「我近年的人生型態……」

「是以科學道理的邏輯，及具體的實驗成果爲主……」

江明生像是在分析什麼似的說自己。

「但，想要透視出件事物的眞象………」

「有時候……」「卻還得依賴我們人類最原始，最根本的感官……」

他往臉上的五官劃了個圈。

「去體會很多超越一般形體表象的東西……」

「在妳還未搬進來前……」

「我就有注意這棟屋子……」

江明生轉向高予潔。

「嗯……」

「並非因爲它豪華的外觀……」

「而是，圍繞在它四週……」

「有不尋常的氣流在流動著……」「這氣流有點像被凍凝住，而流速沉緩……」

紀鵬宇和高予潔全睜大了眼睛，牢牢地被江明生的話所吸引住了…「我推斷……」

「那該是因爲有種在我們的生活空間……」「從未遇過或觸碰過的物質或能源……」

「存在此屋中，所引發出……」

他另行思量了番，才接下去道：

「後來……」

「跟著紀鵬宇他們……」

「首次，進到了這房子……」「卻感受到股『冷』……」

「那種『冷』，並不很強烈……」

「但卻，很細很深……」

「似乎……」

「是在那邊，一點一點的滲入人的骨髓，內腑……」

說完後，江明生卻有些猶豫，略斜著頭……像是對自己形容此『冷』的方式，也並不認爲絕對恰當……

「我嚐試著用我的觸感去追尋這『冷意』的源頭……」

「而留意到了這房子樓上右手邊，最後一間房的位置……」

這時的高予潔，不禁在一旁，悄悄地打量起江明生——這位她一直有些排斥的人物來……以前……

老是嫌他太「靜」太「沉」……

簡直就是……靜沉得不近情理……

靜沉的令人生厭……

但，今日看來……

這番特性……

卻能使他避掉無謂的是非干擾……

保持住五感的絕對純淨與敏銳……

使其能達企事物的源頭……

自己不但不該對他懷有成見，還應佩服才是哩！

「有幾次，在四下無人的晚上……」

「我曾偷偷地站在這房子的外圍……」

「觀察著……」

江明生的鏡片後面的眼睛發出了睿智的光芒。

「剛開始，毫無所得……」

「直至有一夜……」

「屋子的燈光多開了些……」

高予潔想那大概是錢欣兒還在的時候。

「月色也映照著特別清亮……」

「因而，看到了花園的泥土上……」

「似乎有些微光在閃動……」

「我走上前去……」

「在那些土裡，竟發現了些……」

江明生不大有把握的把話停了下來，稍後，才迸出「冰球」二字。

高予潔不禁噗ㄔ一聲的笑了出來……

由於大家都無法斷定此「冷物」爲何？所以，給予了它不同的名詞代號……

「我揀了幾顆……」

「這些冰球，冷度超高的……」

「帶回去後……」

「都沒有溶掉些些許……」

「堪稱是『鐵冰』！」

「怎麼？又換了個新詞兒了？大實驗家？」

紀鵬宇含笑的對江明生說道。

當耳中一灌進「大實驗家」這幾個字時……

江明生整個人卻不由得罩上了股「暗雲」。

「我曾試過各種各樣的方法……」「摔打，燒烤，曝晒，浸泡，電擊……」

「卻都無法將這些『鐵冰』給實地分解了……」

「它們仍然穩穩地維持本來的型狀……」

「連原先具有的那股『滑動性』也絲毫未曾稍減……」

「所以……我始終……」

他抿著唇，現出種困頓的表情。

「無法知得，此『冰體』的構造成分……」

他又轉用另個說法。

高予潔和紀鵬宇二人，則是不知其所以的面面相覷……過會……

江明生才又發聲道：

「我火大了……」

「洩憤似將那些冰抓在手裡……想用蠻力捏碎它們……」

「沒成功……」

「但，整個手掌觸到那番強勁的冷意後……」

「卻帶起了陣全身如燒傷般的痛苦……」

說到此，他的面孔變得有些扭曲。

「我急急地將冰放下……」

「腦中卻躍出了火的意象……」

「終究，我還是認爲……」

「火乃冰之大敵！」

這句話重重的從江明生口出跳出。

「無法懂這些冰……」

「但也許，能借用其它的法子去消溶它們……」

「必須要怎樣做……」

「我一直認定此種不名物質，必有某番『危害性』……」

「準備去『引火』！」

這「引火」兩字一出……

高予潔，紀鵬宇身子都不由得抽搐了下……

「當然，這火絕不能是一般的火……」

「這種像冰般的物質……」

「依照我的推斷……」

「可能來自天外，屬於寒星系的星體……」

「所以，我找了一座德國最古老的森林……」

「用了幾塊黑鈷石……」

「將在那兒引出的火種，給儲備起來……」

「此火來自最原始的深山林野……」

「該有些類似……」

江明生腦子在打著轉，眼神變得遙遠而迷濛……

「中國人所說的……」

「道術煉丹用的『眞火』……」

「我是自個兒跟自個兒在打賭……」

「看能否以此火的天然與純度……」

「去溶化那些『鐵冰』……」

「當冰碰到那黑石時……」

「竟眞些像『水』似的液體……」

這個「水」字，江明生其實也說得不十分肯定。

「就這樣……冰是一點一點在溶化……」「速度很慢很慢，蝸牛爬行似的……」

「但，幾天下來……」

「冰竟全溶了！」

他的語裡難得透出一絲興奮。

「等到，要開那房門了……」

「我就把這黑火石帶著——想該是用得著的……」

「果眞……」

「奏效了！」

這位冰體研究的「執著者」，稍稍舒解了口氣。

而高予潔，也不由得對江明生流露出一份感激的神態。

那知，江明生卻又開口道：

「不過，仍是不夠……」

「房中的冰，數量龐大……」

「極有可能還會陸續增加……」

「而它們也就如地球上的狂風暴雨般……」

「是帶有侵襲性的……」

「你們也見到了……」

「剛才……」

「只算暫時阻擋了那些冰的進攻……」

「沒有眞正去消滅它們……」

「事情未了……」

「我們還需要……」

「其他的……」

說到此……江明生就把整個話給停住了。

接著，便面容緊縮，如以往般，獨自在一邊悶思不語起來。

「無論怎樣……」

「都少不了要對你表達一份謝意的……」

高予潔輕聲，由衷地對江明生說道。

再望望身旁的紀鵬宇……

他端坐著……

臉上晦深莫測……

像是悟出了點啥，可是，又非全然能抓住……而後，再陷進一份甚麼困難計劃的表情……是這樣嗎？

她也無法完全斷定……

江明生與紀鵬宇，本就是對難解的「奇葩」——又何必非得耗盡精神去完全搞懂他們呢？矇矇矓矓的霧中看花，反而，更能突出份美感！

心底層……

在對江明生懷著那份「感謝」……

其實是……另包含了……

由於有和他在酒館的一席話……

才使她「贏」得了紀鵬宇！

思及此……高予潔低下頭……輕揚嘴角

滿意的一笑！

自從遭遇了次「冰襲」後……高予潔和紀鵬宇，便成了眾人眼中的「一對」！

戀人自然有戀人的交往公式……

花前月下散步……

喝茶，看戲，逛大街……

然而，Colster 範圍太有限……

轉來換去，還是那幾個地方……

都已是公式的事，又這麼給提早被「僵化」掉了……

「挑個鄰近的小鎮去走走吧……」

「換點新鮮的——又不用那麼舟車勞頓……」

高予潔率先提出了個「改革方案」。

「上回，在市集……」

「認識了位吉普賽女子……」

「她說她在辛頓鎮有家薰香店……」

「很歡迎我去參觀參觀……」

她想再見見這位艾薇莎……

因爲，總還有那麼一點不滿足，在那邊蠢蠢欲動……

希望可以再在這位具有「非典型」流浪民族氣質的女氣場師身上，多發掘些別的……

他們乘了約半小時巴士，便來到了景色優美的辛頓鎮……

向當地人詢問過名片上的住址後……

便從巴士站往前直走十多分鐘後……

再往右邊的巷子一拐……

就到達了艾薇莎所開的店……

招牌上寫著店名，叫「PURE」……

艾薇莎一見到高予潔……

立刻給她來了個友誼式的擁抱……

「妳能來這兒，眞是太好了……」

艾薇莎難掩興奮之情。

「還另外帶了人呢……」

她看了看紀鵬宇。

高予潔便給他們相互介紹。

而趁著這兩人寒暄之際……

高予潔便獨自打量了這家店一下……

有各式的薰香……心型，棒狀，花朵樣，球體的………種類相當繁多，絕大多數該是來自印度，阿拉伯吧？

除了薰香外，也有賣香精油和香皀……

所有的貨品皆清新爽淨，精緻細膩……

是間令人感覺舒服的小店……

艾薇莎沒把高予潔和紀鵬宇視爲一般顧客看待……

直接就邀請他們入內……

並表示道：

還未到下午開店時間，大家可以聚在一起聊聊……

進到裡頭……

高予潔才重新在艾薇莎身上尋著了那麼點吉普賽人的影子……

沒有預想中的軟沙發，潔亮的玻璃桌等這類型傢俱的設置……

只見到一張半舊不新的綠色地毯上……

放了幾個彩繪座墊……

讓人用來席地而坐……展現豪放不拘風格——也透出了點流浪民族隨遇而安的味道。

艾薇莎搬出了黑麥汁，水果涼酒，氣泡水……等一堆冷飲出來……

三人便邊喝，邊開懷暢談起來……

「是這樣吧？」

艾薇莎頗會意的注視著高予潔道：

「我們好像還有很多話未談完……」

「妳留下的名片，就像塊磁鐵似的……」

高予潔玩弄著手中的名片。

「吸著我往妳這兒來……」

「噢，我來瞧瞧……」

艾薇莎托起了高予潔的臉龐，細細的端詳……

「雙頰泛紅……」

「眼底嘴角，儘是掩不著的笑意……」

「整個人氣場，就像座火力發電廠似的……」

「跟我上次遇到的妳，截然不同……」

「戀愛，使妳看起來特別精神！」

她掃了高予潔身旁的紀鵬宇一眼。
高予潔沒接腔，只默默微笑著。
「Kelly……」
乍然間，這女氣場師神色又一變……
猶如那天在市集般，罩上層疑雲……
「妳該是有遇過甚麼？……」
「非日常生活例行循環的……」艾薇莎用左右食指，用力貼著兩邊的太陽穴……
閉起雙眼，繃緊臉部肌肉……
吃力地在那兒穿透感應……
過了會……
她放下手指，睜開眼睛……
先放鬆了自己一下後……
才有所悟的對高予潔講解道：
「妳的思想腦波，有異常的變化……」
「是受過甚麼衝擊？」
高予潔放下手中的黑麥汁，不期然的從坐墊上立了起來……
在室內踱了一圈……

然後，才像下定決心似的，向艾薇莎坦白道：「不瞞妳說……」

「我是遭到了，一種該是來自外太空，似乎像是冰的物質，給『突擊』了……」

此句話才一出，高予潔卻乍然的停住了……

她考量了下：當時的情況，好像還未到被「突擊」的地步……

「不，應該這樣講……」她自我糾正道。

「那些『冰』，原本，就如一群蝗蟲……」

「要飛撲過來似……」

高予潔舉起雙手，作了個往後一揮的動作。

「看樣子，人就快要被它們吞噬了……」

「幸虧……」

她嚥下了口氣。

「有個朋友，帶了件『武器』，向那些冰丟過去……」

她也有點不知如何去適當描述江明生那塊「黑石」……就選用了「武器」這個代替詞。

「才把它們給『制』住了……」

說到這兒……

高予潔不知爲何，竟感到有些躁煩……

回到座位，她拿起原先的黑麥汁……

狠灌一空……

用紙巾揩揩嘴後……才又再度開口道：

「雖然，現在是安寧無事……」

「我總是還在發著愁想……」

她看看艾薇莎，又瞧瞧紀鵬宇……

「這些冰，將會愈來愈茁壯強大……」

「終會，有那麼一天……」

「衝破門限，傾巢而出……」

「危害到整個人類地球……」

高予潔整個人憂心忡忡地……

「kelly……」

艾薇莎坐到她的身邊來……

輕輕的拂著她髮絲，細聲的說道：

「噢，親愛的……」

「對我來說……」

「人，雖是有限的個體……」

「但他的氣場卻是通達全宇宙的……」

「只不過……肉眼所及……」

「卻僅僅是地球這個小小的範圍……」

「我們並不能老是跼限於所謂『地球人』的觀念……」

「而該順應宇宙萬象之變才是……」

「其實……」

「我們根本一直都受到大宇宙的影響，只是不太自知罷了……」

艾薇莎說話時，眼底始終都帶著股溫柔的笑意，但口氣卻頗爲強硬堅持。

高予潔完全沒料到；艾薇莎竟會是這樣回應的……

等於就在間接的告訴她說……

要把「冰襲」的現象常正常化……

高予潔的確是有些兒給弄糊塗了……

但，繼而一想……

對方本就是個氣場師……

以她所見所感，思想自該是如此「獨樹一格」的……

剛剛，艾薇莎在講述看法時……

紀鵬宇有那麼難以捉摸地笑了一下……

是在讚同她嗎？

而此時的他，卻也只是在那邊若無其事地，飲著罐桔子涼酒……

一付「是非紅塵不到我」的優哉模樣……

「還是另起個話題吧……」

高予潔玩弄著手上已空掉了的黑麥汁的瓶子……正有此意欲時……

手機卻響起！

她接起來……

「怎麼是你……」

她以尖銳地，高八度的聲音叫了出來……

艾薇莎，紀鵬宇，都不約而同的……

驚訝的望向她……

從辛頓鎮回來……高予潔及紀鵬宇走在通往小酒館的路上……

「真的不要我陪妳去？」

他問她道。

「好事——就一定和你共享……」

「壞事——我自個兒來就結了……」

高予潔看上去，有幾分無耐。

「和那位羅盛保見個面，就叫壞事？」

「我看妳偏見也太深了些?」

紀鵬宇覺得有點好笑。

「他可是個記者……」

「通常有這類人士現身的場合……」

「十之八九，都是沒好事的……」

對女友的此說法，他倒也覺得不無點道理，所以，也就沒再接腔了。

高予潔則繼續發表著意見道：

「這傢伙還頗具『纏功』……」

「我這就照著他的意思——去會他一會……」

「以絕後患！」

說著說著，連高予潔自己也都笑了出來。

氣溫遽然間降低了……

高予潔衣服穿少了點，紀鵬宇便體貼的脫下自己的風衣給她披上……

「好棒的料子呦！」

她摸著風衣的淺青藍布面，叫道。

「是 Mars 的風衣……」

「Mars 這個字在英文中，有戰神的意思……」

「所以，這風衣又被稱爲『戰神之衣』……」

紀鵬宇解釋著。

「另外，Mars 也可以指『火星』……」

「只不過，沒人叫它爲『火星之衣』罷了。」

他接著打趣道。

一聽到「火星」這一詞從紀鵬宇口中溜出……

高予潔就不禁在心中惦敲了起來：

男友和艾薇莎應該都是屬於「大宇宙」論者……

關於這點……自己是無論如何，都沒法被「同化」的……

永遠都只能侷限自己，作一名道地實在的「地球人」……

她自然地把手往口袋一擺……

居然掏出了支鑰匙……「是我房間的門鑰匙……」

「妳那支是備分的……」

「原來的，放在皮夾裡……」

他拍拍上衣口袋，說明著。

「妳可以保有它……」

「然後，就能隨時隨地對我來場突擊檢查囉……」

紀鵬宇調皮地輕揚下眉。

「哼……」

高予潔作勢的發出這麼一聲。

心底卻是暖酥酥的……

和紀鵬宇向來都約在外頭碰面……

還從沒踏進過他的「私人境地」……

不知，會是怎樣的一番光景呢？

戀人們，往往在經過些許時日的相處後……

就變得急欲擺脫對方的「監控」……

而自己這位呢？

倒像是自投羅網，樂意如此似的……

那他該是眞的有在用情，並且，相當信任所選擇的對象才是……

「這鑰匙絕對不會像祖母房中那把一樣……」

「弄得人家不斷在猶豫反覆，到底要不要使用……」

「我會早早的，就拿它把門給開了……」

高予潔鄭重地將鑰匙放進了手袋裡。

到了小酒館門口……

高予潔對紀鵬宇道別後……

便逕自推門走進去……

一入內，即見到……

羅盛保正獨坐在窗邊，在飲著杯夏多內的白酒……

似在思量掛心些甚麼……

整個人，看上去……

竟無半點以往的輕浮與流氣……

而變得分外嚴正起來……

她向櫃檯點了杯檸檬蘇打……

然後，在他對面坐了下來……

羅盛保似乎有意無意地掃了她身上的風衣一眼……

她也就帶著半反抗性的……

馬上就把風衣卸下來，掛在椅背上……

「怎麼知道我手機號碼的？」高予潔劈頭就責難似的來上這怎麼一句。

「一位突然從國外來的年輕美女，接收了一幢充滿傳奇色彩的華宅……」

羅盛保像是在替他的雜誌寫標題似的說著。

「是鎮上一宗大新聞哩……」

「所以，妳呢？也算是個名人了……」

「要知道妳一些事，並不難，對吧？」

「甚麼美女？倒楣〈美〉的女人呀？」

「華宅？我看是災屋還差不多……」

她不屑於他的奉承。

「用得著那麼自憐嗎？」

他回「酸」了她一句。

隨即，便擺出付準備「言歸正傳」的姿態。

「和紀鵬宇現仍處於戀愛的高峰期吧？」

豈料，羅盛保竟會是提上這樣一問，而語中還透著些許不以爲然哩。

「怎麼，起了個這樣無意之極的開頭啊？」

她不來勁的應著。

「是嗎？」

他眨動了下眼睛。

「等妳聽我講完了所有的事後……」

「就絕不會再認爲這起頭是毫無意義的啦……」

羅盛保對這點，顯出了一付相當有把握的樣子。

於是，高予潔便不覺地調整了下坐姿……

心中暗忖道；

「好哇，我就等著……看看你這傢伙會耍出怎個的變態花樣來……」

「先跟妳聊件往事……」

他燃起一根煙。

高予潔則吸了口剛送到的檸檬蘇打。

「『大香港』雜誌前任社長——于懷安……」

「他不僅是我以前的上司——亦是位我相當欽佩，而未斷過來往的長輩……」

「因爲……」

羅盛保沉吟了下，才續說道：

「他是在我們這行裡頭……」

「極少有的，具有道德良知的人……」

「絕不會爲了雜誌的銷售量……」

「去刊登不實的文章或作誇大報導……」

「更以尊重當事人的意願來下筆……」

「因此，在社會打滾了那麼久……」，「幾乎沒見他有過甚麼敵人……」

「算是反世道而行——不過，在雜誌界中倒是一直都站得極穩……」

這讓高予潔有些出乎意料……

還眞估不到，像羅盛保這樣的「痞子男」，心目中的偶像竟會是此號人物！

「五年前，他從雜誌社退休後……」

「曾住到過這Colster來……」

一聽到Colster，高予潔身子微動了下……

「他有跟我提過在這鎮上的一番遭遇……」接著，像是暗示底下要敘述的事情，是具有非常「嚴重性」的……羅盛保誇張的噴出一大口煙。

「于社長，有位把他從小拉拔大的姑母，在這兒養病……」

「他這樣做，除了是盡盡孝道，陪陪老人家外……」

「也想過過不同於香港的浮華，較僻靜的異國生活……」

羅盛保微瞇起眼；彷若這樣，眼底就會即刻呈現出這顆「東方之珠」的千輝萬姿來……

「社長他一直保持單身……」

「所以，了無牽掛，說上那兒，就上那兒……」

「十分便利……」

他語氣俐落的另加解釋。

「而，雖說，他本是想靜……」

「可是，真到這小地方來，則又嫌太靜了……」
「感到生活變得呆滯，死板——而過得並不十分適意……」
「然而，這種日子……」
「卻很快的被一名叫萊斯禮，從外地來的年輕男子給打破了……」
「根據于社長的描述……」
「這人高高瘦瘦的……」
羅盛保作了個比身高的動作。
「一頭耀眼的金髮，湛藍的眼睛……」
「像是來自北歐的人種……」
「他混身都散發著熱情與活力——把鎮中的每一位居民都當成了摯愛的家人……」
「替他們修理電器，灑掃庭院，顧老者，帶小孩……」
「但卻從來不收取分毫的費用……」
「還講出了一番相當動人的話來：
『拿錢——會搞得我混身不自在……』
『替大家做事——你們便利，我也開心……
這，不就已經是最美好的生活境界嗎？』
「還不止如此……」

羅盛保呷了口白酒。

「這萊斯禮認爲 Colster 也的確是太沉悶了些……」

「於是，便經常自掏腰包……」

「辦了不少甚麼露天音樂會，熱舞大賽，國際美食節之類的活動……」

「把個蕞爾小鎮改變成了個熱鬧繽紛，又風味十足的地方！」

「眞難以想像……」

高予潔用吸管戳著杯裡的氣泡，似自語般道。

原來，這 Colster，還曾有過此等榮景……

那本「The original of Colster」可是一點都沒到過……

「那時，鎮上的居民最流行的口頭禪，就是……

『萊斯禮說的……』『去找萊斯禮……』

更有人就直接讚美道：

『有萊斯禮在，風雨不至，白水變美酒——可謂天天是好日……』

『Colster 該起個別名叫『萊斯禮鎮』才對！』

「大家就是如此熱切的，心向著這名小伙子……」

「但，其中，有一個人卻是例外……」

羅盛保猛吸了幾口煙。

「妳知道，于懷安社長是搞雜誌的……」

「在平日所接觸到的不少事物中——有些是相當不可思議的……」

「所以，是工作需要，也是興趣追求……」

「他修習了些頗爲偏頗，在別人看來，甚至，是有點旁門左道的學問……」

「是甚麼乩童術，黑魔法之類的嗎？」

高予潔問著。

「有一部分……」

羅盛保低低的應道。

他捻熄了煙，又重新燃起一根……

吐出層層的煙圈……像是順勢利導的要將人引至個迷離境地般……

「因此，他往往能以不同一般的眼光，去觀察分析人，事，物……」

「這萊斯禮……」

他頓了頓，像是要以此暗示下面所講內容所深具的「玄虛性」。

「在絕大數人的印象中……」

「就僅僅是位外貌俊朗，個性和善，以助人爲己任的理想化男人罷了……」

「但，于社長對他，卻始終有另一番看法……」

羅盛保五官縮皺了起來。

「他覺得……」
「此人無論在神情，身型，步態上……」
「都具有某種程度的『扭曲』……」
「扭曲？……」
她重覆著，一時無法確切抓住這個形容詞的意涵。
「具體的講，就是……」
「這人的身子已裝進了個非人類的靈體……」
「嗄……」
高予潔可是全然地被嚇住了。
「這其實是……」
「需要有極高度的透視力，才能觀察得到的……」
「就好比……」
他揚了下手。
「要眞正法力高強的道士……」
「才有能耐在一群同樣具有人外型與動作的『人』當中……」
「去分辨出人，鬼，妖的殊異性是一樣的……」
「當然……」

他清清喉嚨。

「這萊斯禮並非是啥鬼怪之流……」

「而是，于社長懷疑；他被外星生物給附身了！」

高予潔露出難以置信的表情。

「雖然，他依舊未發現此人有甚麼異常的行爲舉止……」

「但，心理總有那麼點不對勁……」

像受到當時于懷安心緒的影響，羅盛保整個人也變得有幾分愁鬱起來……

「所以，不免暗暗的注意起這位『鎮寶』起來……」

「有天清晨……」

「于社長按慣例，起了個大早，到河堤邊去走走……」

「卻一眼瞥見……」

「萊斯禮的背影，正消失在不遠處……」

「然後，他發現了河面上竟浮著些許的冰粒……」

「如果，換了旁人……」

「不見得會去特別注意此種現象……」

「但，于社長是位……」

他抿著嘴，先斟酌了下，才接下去說道：

「性格特別敏細，好研究事物的人……」

「所以，便快快拿了把杓子，撈了些冰粒上來……」

「他發覺……」

「這些冰粒冷度奇高，但質地卻是滑溜溜地，握都有點握不住……」

「相當詭密……」

羅盛保又噴了口煙。「于社長表示：此物該是只應『天上』有，而地下無……」

「意思即是：該是來自太空外域的……」

「照看來，它們也並非拿來裨益地球民生的……」

「可能，將帶來一場危害！」

他聲音高高的提起。

「儘管，這還只是個還未經証實的直覺——但，他卻決定要早早把這些勞什子給毀了……」

「『該如何做呢？』于社長不斷地在問自己……」

羅盛保就像是在背負顧懷安的煩惱似的在說。

「依照常態性的法子……」

「當然，就是去找人化驗化驗這種不知名的物質……」

「然後，再看看能不能用甚麼最新的科技方法把它給消滅了……」

高予潔聽到此；便想到了江明生及他的「黑石」……

但，卻覺得還不到去提此事的時候……

「可是，于社長卻只願單獨解決……」

「他是跟我說；不想公開，以免造成大眾的恐慌……」

「這算是于社長他擔事的魄力………」

「但，多少也帶上點個人的英雄色彩吧……」

羅盛保頗具意味的笑笑。

「他採取了『逆勢而行』的方式……」

「打算用古代法寶，而不碰摩登器具……」

「中國人講究的是；物物相生相剋之道……」

「水能滅火，生成冰後，卻又會爲火所溶，而被打回原型……」

「有了此番體悟，于社長便憶起了件『奇品』……」

他將手貼在面頰上，作出了回想狀。

高予潔則是不出聲地緊捏著吸管。

悄悄的在那兒度量著這位向來被自己視爲油氣十足的記者所說……

「那東西喚作『火玉』……」

「玉通常是淨透，涼潤的……」

「但它卻是具有熱度的………」

「顏色也不是一般的白色或青碧，而是如火燄般的，深桔紅……」

「用來它溶雪破冰，逼出體內的寒毒——效果奇佳……」

「據說，此物是自漢朝所傳下來……」

「現時……」

「卻由位法號神泉的僧人所收藏……」

述及此……

羅盛保的目光亦變得分外深邃起來。

「神泉大師是松巖寺的主持……」「這寺廟在中國大陸，位於山巔之上……」「並不很出名……」

「于社長曾在那兒修行過……」

「和神泉也算有段情誼……」

「所以，他便特地飛了趟中國——打算和這位佛法大家商借下這方玉中的『異物』……」

高予潔瞅著羅盛保；似乎對他下面要揭曉之事，也產生了些好奇及興味。

「神泉大師毫不躊躇，問都沒多問下就答應借玉……」

「關於這點……」

羅盛保嘴邊浮起了個奇妙的微笑。

「根據社長所說；神泉乃是位已得道的高僧，能夠準確的感應出人的心思……」

「所以，雖然不便說出個中原因；但，對方卻已能明白他取此物的用意……
「當于社長眞把玉置在掌心中時，卻又不免有些憂心的發問：
『如果，有什麼不測，讓火玉產生裂痕，甚而，碎掉的話，怎麼辦呢？……』
神泉大師聽了此話後，卻只豁達地一笑道：
『『物與人』和『人與人』之間是相同的，必有那緣盡之時……』
此火玉是玉之『特例』，玉體仍是保全或將離析——也自有其妙奧……』
『因此，于施主，對一切皆可不必掛心，只需坦然以對……』
高予潔困然地揉揉太陽穴……
自己耳聆這些甚麼玄思禪語之類的，終究也只能落個一知半解……
「當于社長帶著火玉，再度來到河岸邊時……」
「卻十分慶幸自己是做對了！」
「因爲，河上的冰粒竟然變大了……」
「而且，還動了起來……」
「然後，居然愈動愈快，愈劇烈……」
「于社長感到它們幾乎要跳出河面，撲向人來……」
「不加思索地……」
「他就飛快將火玉往那些冰粒投去……」

「不幸言中……」

「玉整個碎了……」

「但，冰粒卻消失了……」

羅盛保如同親臨現場般，鬆了口氣。

「至於，冰體是給銷溶了，瞬間便與河水同化？……」

「還是就這麼整個不見了……」

「于社長卻無法徹底明曉……」

他晃了晃頭。

「而從那天起，萊斯禮便在鎮上失去蹤影……」

羅盛保幾乎是迫不及待，趕緊接上這一句。「鎮民間，自是引起陣相當大的騷動……」

「大家紛紛猜測事情的起因……」

「心裡有數的于社長，卻只有三緘其口……」

「過不久，他的姑媽因病過世……」

「社長也就離開了這兒……」

「後來，他對我托盤出了在此鎮的這番遭遇……」

「卻又不時的提及；說這起冰的疑案，雖已成過往……」

「但，一想起，總覺得，還有點甚麼的懸在腦海裡……」

「在那裡不停使喚地，來回擺蕩著……」

羅盛保講到此，便把話整個都給暫且停住。

只獨自，坐在那，靜靜的抽著煙……

高予潔卻不太弄得明白……

對於祖母那間房，雖曾發生過那麼一場「冰災」……

事後，紀鵬宇和江明生兩人都並沒多話的，把它給傳揚出去呀……

羅盛保合該是仍未知自己和鎮上曾經出現這些謎樣的冰粒有關聯性才對……

所以，幹嘛跟自己說這些呀？

「那天，在市集……」羅盛保又重新開口道。

「我對貴男友——紀鵬宇先生，有些失態……」

「看妳因此，一付老大不悅的樣子……」

「可是，高大小姐……」他臉上一付十足嘲弄的神色。

「妳是怎樣都無法料到，當我在說于社長觀察出萊斯禮的『異狀』那段時……」

「有個要點卻沒說出……」

他重重地吐出口煙。

「萊斯禮的眼瞳中……」

「有條不易察覺，細細的，幽微的白線……」

羅盛保亦指了指自己的眸子。

「那正是被外來靈體入侵的表徵……」

「而紀鵬宇的眼裡，也有那樣的一條線……」

「身軀，四肢不是很正常在那兒『撐』著……」

他唉了聲，高予潔則是面色泛白。

「還有……」

羅盛保舉起夾著香煙的手，點了下。

「紀鵬宇竟然記不起我……」

「及我曾訪問他過的事……」

「該是這位『外星先生』——暫且就這樣稱呼著吧……」

「鑽進紀鵬宇身體時……」

「並沒完整的接受到他的記憶體……」

「另外，再奉送一件……」

「那位吉普賽女子也有相同的特徵……」

高予潔卻冷笑了一聲，待恢復臉色後……便開始振振有詞道：

「羅大記者……」

「你所講述的……依我來看……」

「是純屬所謂的『個人臆測』……」

「甚麼叫神情，身型，步態上的扭曲？」

「不過是種主觀罷了！」

「有外在靈體入侵——眼中會顯出條白線……」

「但，眼中顯出這樣一條線，就一定是其他靈體進入嗎？」

「難道其中不會有別的原因？像體內有病變之類的？」

「腦癌會頭痛，頭痛卻不見得就得了腦癌，對吧？」

「還有，人家憑甚麼非要記得起你？不能忘了？」

「誰敢說，自己就必定能擁有完整記憶？」

「至於，最後一項……」

她清了清喉嚨。

「萊斯禮的失蹤……」

「也可能只是時間巧合罷了……」

「請問，有甚麼明確的證據？……」

「指向這件事和那些被消弭了，如同冰般，來路不明的物質有關呢？……」

對於高予潔這一連串的質疑，羅盛保並無任何的回話。

他只用手指扣扣桌面，像是在推敲甚麼……

然後，抬起頭，迸出這麼一句：

「入侵萊斯禮的靈體，和紀鵬宇身上的，是相同的……」

高予潔憤怒地瞪視著羅盛保。

「于社長個人相當地欣賞英國傳統的毛織品……」

「認爲只有它們的質地，才能充分現顯出毛料的暖和解與緊實度……」

「連帶地，也會特別注意本地的一些衣服品牌……」

「他有提到過；萊斯禮看來很中意 Mars，是戰神，也可被稱作火星牌的衣服……」

「外套幾乎都是穿他們的……」

「『該是移情作用，火星也是外星哩……』于社長是這般認爲啦……」

他換了個姿勢，偏著頭，將夾煙的右手靠在椅背上頭——有點像是話說多了，而露出些微的疲態。

「鎮上也有些人，想學樣，打算購置去些 Mars 的衣裝……」

「不過，很可惜……」

羅盛保故意玩弄了手中煙條幾秒鐘，來稍微賣一下關子。

「Mars 在萊斯禮來鎮上的那年，已全部停產……」

「所以，現時，要找到 Mars 的製品……」

「已屬不易！」他的目光實實地落在高予潔掛在椅子上的風衣……

「妳這件 Mars 牌的，是男式的……」

「應該是紀鵬宇的……」

「他才最有可能，在某種情況下……」

「會將它適時地披在妳小姐的肩上……」

羅盛保以種贏家般的姿態望著高予潔。

「就算是，又怎樣？」

她挑釁的答道，下巴高高地昂起。

「證明得了甚麼嗎？」

不友善的氣氛，在彼此之間強烈地的漫延著……

羅盛保將煙蒂丟進煙灰缸……

立起身來道：

「在我走前，再附帶說明一點……」

「Mars 對顧客有提供項特別的服務……」

「當你購買他們的產品後……」

「售貨員會立即請人把你的姓名縮寫，繡在衣服的某個部分……」

「來造成這衣物獨一無二的專屬性……」

他盯了高予潔一眼。

「我勸妳，把妳那件高貴的風衣，好好的……」

「上下左右，前後裡外，都檢視一遍……」

「嗯，或許……應該是……」

羅盛保捉狹地一笑道：

「會發現有L.k兩個英文字母……」

「因為，萊斯禮的全名是……」

「萊斯禮．金恩〈Lesley．king〉……」

他拿起面前的酒杯，向高予潔舉了舉……

喝下了僅剩最後一口的白酒！

從沒一刻……

高予潔像此時，那樣的不知如何安置自己……

坐也坐不穩，站也站不牢……

儘在那兒，煩亂的在屋裡踱著步……

從這頭行到那頭……再從那頭回走過這頭……

如此，不斷的，無意義的在循環……走累了………

看能不能小睡會，鎮靜一下心神？那知，一閉上眼睛……

在小酒館裡……

羅盛保講述得口沫橫飛的畫面，就會清晰的冒出來……

他字字句句，都在針對紀鵬宇……也等於就是在針對自己……

這個混混，和他那個甚麼姓于的前社長……

再怎樣說，都是搞雜誌的……

習慣性，多少總要真假湊合下，把要報導的事情弄得故事性些……

否則，誰會去光顧那些沒啥營養的雜誌？

以此類推，羅大〈誇大的大〉記者的那些話本來就不必盡信，更無需還爲此煩心……

於是，高予潔踢掉了被子……

一骨碌從床上跳起來……

理理頭髮……

再走進浴室，梳洗了番……精神提起了點後……

她就決意別再受到任何外界影響，好好地做回原先，那個「正常」的自己……

下了樓……

她打算到廚房去沖杯咖啡喝……

經過客廳時……她卻收住了步伐，立在那，呆想了幾分鐘……

那件風衣……

還乖乖地地躺在沙發上……

她回來時……

脫下它……

順手也就扔在一旁……沒收進衣櫃中……

然後，完全「憋」在自己的情緒中……

反覆難安的……

就缺了那麼一點點勇氣……

對這件「戰神之衣」來個徹徹徹底的大搜檢……

其實，就算發現了「L.k」兩個字母……

也無法鐵定證明那即是「萊斯禮・金恩」的縮寫……

有可能是指恰巧開頭也是「L.k」兩個字母的，別的英文名字呀……

好啦，就算是「L.k」眞的就在指「萊斯禮・金恩」此人……

難道，能以此表示紀鵬宇曾是「萊斯禮・金恩」嗎？

這衣服說不定，是它人所贈的……

又或者……

是他自己所購置，所謂的「二手貨」……而並非衣服原先那個「主」……

一件多年前的停產之物……

兜兜轉轉，經過多人之手，才落定……

這種事可是半點兒也不稀奇……

羅盛保的最後的認定，根本不足以採信……

所以，自己幹嘛要如此庸人自擾這大半天？

高予潔哼著小調，步伐輕快地……

走進了廚房……

她打開了一罐「Nest Coffee」……

在英歐就有這等好處……

明明是同牌子的速簡咖啡，但，就比臺灣的要香濃得多……

她泡了滿滿得一個馬克杯……

強烈的咖啡味瀰漫在空間……令人精神一振……

她拿著杯子……

捨棄了較狹隘的廚房座位……

重回至客廳……

坐在沙發椅上，細細地品嚐著……

父母親是早早地離開了……

祖母雖對孫女兒有份『遙遠的愛』……

但卻一直都是非具體的……

所以，此塊屬於人類最基本，起源點性的親情耕地……

對自個兒來說，實已荒蕪許久……

每每想要再次的播種，收割……

而紀鵬予的存在……

對她來說，不啻是個男友……

也是位亦父亦兄的至親家人……

有時候，也有點好似褓姆或師長的角色哩……

可說是個多重的化身！

她不覺地又掃了置在旁邊的那件青藍色的Mars風衣一眼……

向來沒對人坦白過，甚而，有時，自己對著自己，都不大願承認……

她……在尋覓著……

一位可以完全相信和依賴的人！

高予潔將背更靠緊沙發一點，頭略略往後俯……

換了個更舒服的姿態後，思量道：

要否要把羅盛保所講的那番話……

一五一十的告訴紀鵬宇？畢竟，「坦誠」才是戀人能持續相處之道呀……

她改變原先的慢飲法，就像要好好激勵自己似的，呷了一大口的濃咖啡……

紀鵬宇就是這樣……

明朗，溫暖，懂得人心……

卻又能冷靜，深入地分析事物……

他定能對自己目前的一些疑慮，提供合理解釋的……

到時……

便可踢爆羅盛保一切的「自以爲是」……

挫挫他的銳氣……

搞不好……經由此遭……

她和紀鵬予的感情，會更加精進呢！

高予潔想得整個人飄飄然地……

握著杯柄的手指，竟不小心的鬆了下……

杯子倒在沙發上……

咖啡液濺出來，染上了那件風衣……

她慌忙地拿起衣服，查看那塊有咖啡漬的地方……

翻至裡層……在衣下擺……發現到了：
有著用土黃色絲線，所鏽出優美飛揚的英文字……
「Boss」！
兩天後……
高予潔到洗衣店取回了乾洗好的風衣……
整個衣面已被清得乾乾淨淨，燙得平平的，無一絲污痕皺折，清爽完好地罩在大塑膠袋裡頭……
她接過衣服後……
便像在舉一座勝利獎杯似的……
將它高高拿起……
「這人呀，是得有自信，但，可千萬別有信心得過了頭——那反而要惹人訕笑了……
是啊，這Mars風衣中，的確有繡字……
不過，可不是你所以爲的甚麼『L.k』……
而是……毫無關連性的『Boss』！」
高予潔禁不住要在心裡頭，來對羅盛保先如此的嗆聲一番。

挽著裝乾洗風衣的提袋……

她走進了「Grace grocery」……此店恰巧離洗衣鋪不遠……

便想順道就替紀鵬宇在這兒買包他中意的水果軟糖……

連同風衣，在見面時一起交給他……

她先把衣服袋放在櫃台上……

再到放零吃的架子上，專心挑選貨品……

「是 Mars 牌的衣服，眞好……」

「好久沒遇到過了哩……」

露比在旁，不巧看到了從袋子露出風衣的衣領……

而如此讚著。

「我可以把衣服拿出來，觀賞下嗎？」

她問高予潔。

高予潔答應了後，露比便從袋子取出了衣物……

仔細地端詳著……

「嗯，這剪裁精良得沒話說……」

「堪稱是 AA 級的……」

露比評論道。

手指不經意輕劃過塑膠袋內的風衣接縫。

微瞬間，臉上卻又掠過了個像發現到甚麼的表情。

「我想起來了……」

「難怪會覺得眼熟ㄟ……」

「原來，以前，我們的老闆〈boss〉也有件同款的……」

「老闆？」

高予潔相當地愕然。

「噢，妳大概還不知道……」

「以前，鎮裡來到過個神話般的男人……」

「人可是長的帥翻了——不過……」

「鎮上的人愛戴他，倒不是因此，而是……」

露比像已找了著個可好好地發揮「講功」話題，所以，人都變得分外抖擻起來！

「他看上去，雖然，不過就是位二十多歲小伙子，卻能把 Colster 的大小事給照顧得妥妥貼貼……」

「毫不藏私地，無保留地，把自己奉獻給這小鄉鎮……」

「簡直像個母親熱愛她唯一孩子般……」

她繼續形容著。

「於是，大家就起哄；戲稱這小伙子是這兒的『老板』——鎮民們全都靠他在『罩』……」

高予潔木然的聽著。

像有個千斤重錘自腦頂直直地落了下來……

她開始覺得呼吸不順，頭部發暈……

「他倒也有趣，知道自己這樣被稱呼後……」

「就半開玩笑的應答：

『那乾脆我就別再叫萊斯禮，直接改名『老板』好了……』

『還有，既然得了這麼個稱號……』

『那你們就更不用客氣……』

『有事儘管來找我……』。」

「我們這位『領袖』……」

露比還沒理解出高予潔的「異狀」，而兀自不停的述說著她的這番過往。

「可是這牌的忠實擁護者呢……」

她指了指眼前的風衣。

「置了很多他們的產品哩……」

「不過，這 Mars 的風格倒也是跟萊斯禮挺搭的……」

「你這件風衣，是打那兒來？」

露比好奇地詢問。

「這些年，已很難碰到此品牌的東西了……」

「男友的……」

高予潔乏力的回答。

露比點點頭，便又迫不及待繼續著她的「萊斯禮」話題。

「但，說來也奇怪……」

「這萊斯禮跟鎮上的人，關係這麼好……」

「竟也會上演了齣『不告而別』的戲碼……」

她遺憾地搖搖頭。

「他不見了的前個下午……」

「還很有興致地提議說：準備每個月都辦場壽星會——來增強鎮民彼此間維繫度及情感……」

「誰知道，隔日一早……」

「就給消失得無影無蹤了……」

露比有些惋惜道。

高予潔未發一語……

內在卻波濤洶湧！

「大家對此事，都百思不得其解……」

「也有些意見……」

「但，由於多數人對這年青人是心存感激的……」

「所以，倒也沒怎麼責備他……」

「只希望，不是出了甚麼意外……」

「人能平平安安的就好……」

露比的語氣整個舒緩了。

此刻，又有顧客進入……

露比便適時停止了談話，再度站回櫃台後面，回復看店時的模樣。

高予潔緊抓著替紀鵬宇挑選的雜莓軟糖……一動也不動的立著……

她心臟緊縮……

原本，在頂上的那片晴天已蕩然無存……

橫亙在前的……

是個既大且深的黑洞……

令她完全不知如何穿越……

她來到了紀鵬宇從校舍遷出後，新搬進的兩層樓公寓……

這是種在歐美地區司空見慣，建築採開放式……房連著房……

被稱之爲是「空間有效利用」的apartment……

紀鵬宇的房間是在二樓的206室……

高予潔握著鑰匙，卻仍未打算進去……

望著公寓前的泳池……

池內水波蕩漾，而她亦是思想起伏不定……

雖然，有露比那席話……

但，仍然可有另外的解釋……

風衣上的「Boss」字樣，未必就一定是指萊斯禮此人的別號……

也許，是其他有一樣稱謂的人，在另件同款的風衣上，叫Mars的縫工給鏽上去的呀……

可是，此判斷似乎已有點牽強……

因爲，如果是這樣，那未免也眞太「巧」了點……

好，就算是毫無疑問地，萊斯禮即爲此風衣的主人……

但，直到目前爲止，也只能說是；紀鵬宇保有了這個人的衣物，不能那麼就快斷定……

他便是萊斯禮！

自我強迫性的，高予潔硬把這邏輯又在腦中重現了那麼一次……

她把視線從泳池移向了上方……

天空一大片陰陰的，無色無雲……

甚麼都見不到，啥也構不著……顯得如此晦暗而神祕……
令她不由得憶起了紀鵬宇的「宇宙宏觀論」……
及在艾薇莎那兒……聽到了她說人類該順應整體宇宙變化時……
他所浮起的那一抹難以覺察的微笑……
此時，再回想……
那竟是充滿了「暗示性」的……
「紀鵬宇並不一定是萊斯禮……」的聲音，竟一點地，一點地……在高予潔心底減弱……
紀鵬宇→萊斯禮→不明外星靈體……
高予潔其實已隱隱地把它們三者給串連起來……
不知何時，她眼底竟悄悄地泛出了淚光……

瞧瞧腕錶，指得是下午的三點過十分……
而今天是星期二——紀鵬宇應該還是在學校上課……
她拭去了眼淚……在跟樓下的管理員打了聲招呼後……
便逕自爬上樓梯……來到位於二樓的 206 號室門口……
而當高予潔掏出鑰匙的瞬間……
「紀鵬宇曾說過：可以隨時隨地對他來場突擊檢查的話……」

便自她耳畔響起……

是的，她的確這樣做了……

只是，以種根本就意想不到的心情罷了！

開門入內……

映進眼簾的是……

在高予潔看來……

一個非常典型的「紀鵬宇」式的房間……

深深淺淺的藍色調……令人產生種對天體的遐想……

簡單，前衛化，卻能精巧操作的桌，椅，櫥，櫃……

兩用的沙發床……

及滿滿的四面書牆……

她將這些書巡視了一輪……

當然，幾乎都是屬於語言研究……

還有……一些探索宇宙，星球的……

高予潔的肩膀抽動了下……

整個居住空間，給人的觀感是……

爽潔，有條不紊，機動性強的……

自己要找的是甚麼呢？

她有些茫然地在房中上下左右搜視著……

看到了一幅掛在牆上的圖畫——那堪稱是這房僅有的裝飾……

深黑帶有灰藍雲霧的天幕襯景……

各樣星球懸浮其間……

大大小小，似遠還近……

全都生動而立體……

而……她見到了……

其中，最突出醒目的一顆星……

已不能說它是個星「球」……

因為，此星是個倒漏斗狀，星芒外露……

就如同用了無數冰片所拼湊而成……整個星體通透白亮……

這……就是紀鵬宇來自的地方？

高予潔稍稍把腳抬高些……

以便搆到畫中那個星體的位置……

然後，再用食指輕輕地點了點那個圖像……

這時，她卻發現到件事……

這畫並非釘死，只是掛上去的……

而且，雖是隔著層畫框……

剛才，那點對畫布微微地觸感……並不十分平坦……

此物的後面，是否另有甚麼隱藏？

她毫不遲疑地將畫自原地移開……

發現了……

有一個嵌進牆中的迷你櫃子……

奶油色，金鑲邊……

設有兩扇小門——並無上鎖……

她將它們打開……

櫃裡放著約三寸來長的銀色瓶子……

瓶身刻滿了……也許就像祖母信上所提到過的……

捲曲氣泡般的雲朵，像顆海膽的生物體，如一條直立白帶魚似的人型……

高予潔並未太去專注這些圖案……

她直接拿起瓶子搖了搖，確定裡頭有東西後……

就扭開瓶蓋……把它的內容物倒出……置在掌心……

閃閃發光，寒氣迫人……

就是這些冰粒……

不住地襲擾了她在英格蘭的生活……

隨後……

又著著實實地一直在「韃伐」著自己的心靈……

高予潔把這些冰粒重新倒回了瓶子，蓋好……

讓它物歸原處後……再將小櫃給闔上……

瞧著此付排場……煞有介事地……

擺明了這些冰，是被當「聖物」般的給供奉著……

高予潔認爲，自己已不必再在房裡，去多找甚麼了……

掛好了畫……

她以最快的速度離去。當天晚上……

高予潔撥了通電話給紀鵬宇……

「我們必須見個面……」

她冷漠而硬邦邦的説著——完全沒了平常跟對方說話時那番嬌甜語氣。

「碰頭時，對你，也許該另起個稱呼……」

「萊斯禮？老板？」

「冰的主人？外星之友？還是甚麼別的？」

她諷刺性地，卻語帶哽咽的問道。

第五章　魔幻謎星

高予潔拿著風衣，來到了河邊……

河水有些冰粒浮顯其中——該是正如羅盛保所提到過；那位于懷安社長所曾遇見的景象……

紀鵬宇背對著她，心無旁騖地，專注的看著那些「冰」……

即使意識到有人走進自己，也沒移動分毫……

高予潔來到紀鵬宇身旁，與他並肩而立……

兩人仍保持著戀人般的姿態；注視著相同的事物——水波中的粒粒冰珠……久久的，雙方皆未發一語……

過了段時間後，紀鵬宇才率先打破了沉默道：

「你們地球人……」

「製造了那麼多的儀器……」

「來探討宇宙的奧祕……」

「所以，常自以為很發達先進……」

紀鵬宇笑了笑。

高予潔卻不由得心中一懍……

對方的笑容已變得一點也不像平常；溫煦，明亮，開朗……

而是機巧且詭詐的……

讓她開始產生了番警覺；

此時此刻，傍在身邊的，已絕非是自己的男友……

是個不知其所以陌生「人」〈亦或甚麼『生物』？〉

「可是，仍沒法搜遍宇宙所有……」

他又仰頭向天，像在尋覓及懷念什麼……一如高予潔經常在他身上所見的……

「我來自的地方……」

「是顆極微小，極微小的星球……」

「浮懸在整個大宇宙間……」

紀鵬宇用腳尖輕搓著地面，顯得有些兒心思難以捉摸。

「以地球上目前的設備，還沒法探得它的存在……」

「套用你們的形容詞句……」

「可以稱之為『冰晶星』……」

紀鵬宇的目光又重新落在河中那些冰上頭。

「在這個國度裡……」

「到處覆滿了這種冰粒……」

「可算是那兒的……」

「『特產』！」

「也可以說是『守護神』！」

紀鵬宇對著那些冰；目光中透出欣賞，依賴與期許。

而高予潔也才注意到了他眼裡那一條……羅盛保所講到過的……表示外星靈體附身的白色細線。

她黯然失神。

紀鵬宇卻仍若無其事地說下去……

「同時，它們也是種偉大的『武器』……」

「就像是這地球塵世的，所經常遇到的颶風，豪雨，大雪，雷電一般……」

「可以侵襲人，亦能破壞改變環境……」

「這些冰，當然也擁有類似的力量……」

「而我們『冰晶星人』本身所具有的能量，又能夠不斷的增強這股力量……」

他流露出傲氣與自豪。

高予潔卻因此，從這位「外星人」身上，深刻的領受到了一份屬於侵略者的野心！

「很想知道我們到底是怎樣的『人』吧？」

紀鵬宇隨即把話一轉。

「『冰晶星人』並沒有地球人那樣複雜的人體結構……」

「樣貌單純……」

「但，我們卻可以任意轉換為長形或球狀……」

高予潔腦中出現了在那瓶子上頭……像顆海膽的生物體，如一條直立白帶魚似的人型圖案……

那……就是這段日子以來，自己全心意相愛男子的眞面目？

「但，我們所具有的體能及智力……」

他拍拍胸脯，又指指腦袋。

「卻遠遠地凌駕在地球人之上……」

「以你們的標準來說……」

紀鵬宇用舌頭點了下上唇。

「該是被歸為神仙，魔法師之流的……」

聽到此，高予潔感到有道恐懼的陰影正逐步，逐步地對著自己逼近……

「這種種的條件……」

「使我們只要一覓得適當的時機……」

「便很輕易潛入地球人的身體內……」

到了此段，像是想吊吊人的胃口似的，紀鵬宇故意放慢了說話速度。

「先前的萊斯禮——換心失敗……」

「躺在手術台上，奄奄待息……」

「在那生死一線間——我取代此人的靈魂，也修補了他的病體…………」

「於是，這年輕男子便又這麼地給活了過來……」

「還眞讓所有人以爲在這地球上，又突增了一樁醫學奇蹟哩！」

他臉上隱隱顯出絲輕蔑的笑意。

「至於，紀鵬宇……」

「在失去他的未婚妻後……」

「便像掉了魂似的……」

「整日恍恍惚惚，心神不屬的……」

高予潔隨即冷冷的接口：

「萊斯禮是身子衰竭，原來的紀鵬宇則是精神脆弱渙散……」

「所以，這兩者都成了你入體的最佳對象……」對著高予潔責備性的語氣，他淡然地一笑……

「說起來，也眞該好好地感激他們二人才是……」

「給予我如此完美的掩護型體……」

「使個外星來者，能夠全無破綻……」

「安然，順當的一直在這地球呆著……」

「甚而，還能進一步獲得眾人的擁戴與肯定……」

「冰晶星」人從容自若的講述著。

「百密一疏……」

高予潔卻禁不住如此衝口而出。

「你們仍然無法完整的去接收屬於我們地球人類的記憶體……」

「否則，你就不會視羅盛保為陌生人及不知道他曾訪問過你……」

「不，是紀鵬宇的事了……」

她吐糟道。

「我並沒打算當地球人太久……」

「也隨時隨地都作好會露出馬腳的準備……」

「最主要，還是要完成使命……」

他又習慣性地遙望著天空。

「冰晶星的面積過小，且很荒蕪……」

「很早很早以前，冰晶星人就想以這些冰的特有能量……」

「往別的星球拓展……」

「地球離冰晶星最近……」

「希望能與它『合併』……」他手背在後頭，視線投向遠方——完全是一付地球人在期盼甚麼事的樣貌。

「該說是『侵略地球』吧？」

高予潔厲聲的反駁。

「所謂『侵略』，不正也是地球人經常有的行爲嗎？」

「從古以來，在你們的歷史裡，就不知有多少公侯將相，在那邊處心積慮地攻城掠地……」

他還故意裝樣子的嘆了嘆。

「冰晶星」人緊盯著水上的浮冰……繼續道：

「這種來自『冰晶星』武器——也只能說是具有地球上所謂『冰』的型態……」

「但，實質上，卻毫不一樣……」

「它們就像這兒的某些動植物般，可以不斷的自我繁殖……」

「也會走也會跳，能跑亦能飛……」

「而我們也將透過不斷的測試改進……」

「讓這些冰兒更具攻擊性！」

此時的他，就像個熱衷實驗研究的科學家般。

「希望……有那麼一天……」

「這地球上，能到處佈滿了這種『冰晶星』上所特有的物質……」

他面露渴望之色。

高予潔則是忿恨的瞪視著他。

「按照計劃，是要先將一部分的冰帶往地球……」

「來試試它的成效……」

「但是，要必須能維持它的超高冷度才行……」

「對我們來說……」

「這……曾經是個大難題！」

「所幸，經過了段時間的探測……」

「終於，尋到這Colster的土及河流具有特異的保冷性……」

「而在你家上鎖的那間房的範圍……」

「此種功用，又比這鎮的其它地方要來得更強……」

「於是，那兒就成了貴星球存放及試煉你們『武器』的基地！」

高予潔用著感傷的口吻說道。

「我們造了座英格蘭古宅，作爲掩護……」

「不過，這屋子，並非循著地球上建築方式………」

「而是，運用我們『冰晶星』人強大的念力………」

「把各式材料，組合拼湊而成……」

「在你們眼裡來看，該就是屬於『超能』了！」

她想起自己到這鎮的首日……在車上，漢斯所提到過的……

這棟由祖母贈予自己的屋宇，始終是鎮上人心目中的一個不解的謎……

如今，謎底算是揭曉了……

但「它」卻是……當時，絕難料及的……

如此脫軌於人世的常理秩序之外！

「我懂了……」

高予潔深吸了口氣道。

「你極力推薦江明生，加入開門的行列……」

「並不是爲了想多層保護……」

「而是想看看他要如何對付那些冰……」

「以便知悉你們所謂『武器』的弱點缺失……」

「然後，可以加強改進――來增大你們佔領地球的贏面，對吧？」

「不笨的地球人嘛！」

他帶點輕視意味地，挑挑嘴角。

「當我還是萊斯禮時……」

「就已曾在這河邊的暗處，見著過位叫于懷安的中年男子……」

「用了塊像玉甚麼的東西，來破壞過我們這些浮在河面『武器』……」

「當時，我有點擔憂……」

「便急急返回到『冰晶星』……」

「和族人一起，想法子多增些冰的性能……」

「以便抵擋你們這種地球玉石的威力……」

他的目光又飄遠了。

「這你恐怕要失望了……」

高予潔想總算能逮著機會，好好打壓對方一番。

「那位于先生用的……並非那種……隨處可見可得的寒玉……」

「而是珍貴稀有，不知還能否找到另一件的……」

「『火玉』！」

「所以，閣下該是走錯武器改革方向了……」

說完，她不禁面露出幾分得意。

「也許是這樣……」

「但，我也不妨對妳坦白直說……」

「不管是那位姓于的火玉，還是江明生的黑石……」

「終究，也只能用來能暫且破壞，阻撓一下我們的『武器』罷了……」

「仍然無法眞正消滅它們……」

「冰晶星」人雙手插在褲袋裡，頭高高的昂起。

「謝謝妳，予潔……」

他竟突然如此說道。「因爲，妳的決定……」

「才能見識到江明生，這位科學奇才的『特別秀』！」

「不過，這『黑石一擊』呢……」

「雖是讓我們損失了點冰，但，卻也產生了番反作用……」

「使其它『活』下來的能冰更具抗火性，增強了自身的保冷能耐……」「照這情況，再加強下去……」

「估計，不多久……」

「此特屬於『冰晶星』人的冰武器……」

「就勿需非要依賴 Colster 的土壤及河水來維持不可……」

「而可以整批，整批的釋放出去……」

「那麼，這地球表面便將會到處佈滿了這種冰粒……」

他作了個覆蓋式的手勢。

「及我們『冰晶星』人的足跡！」

對著高予潔一臉掩飾不住的惶惑……

「冰晶星」人卻仍十分自在的在談著：

「整個地球『冰晶星』化後……」

「未嘗不是件更美好的事……」

「目前的地球世界：有著太多的問題……」

「暖化，資源愈來愈有限，經濟不景氣，社會紊亂，人心動蕩……」

「如果，我們能進駐其中……」

「這些麻煩都將會被一掃而空……」

高予潔卻聽得頭皮發寒；

該不會，眞實的意義，即是要殲滅地球的所有？

她遙想起自己十六，七歲時的少女時代……

有陣子……曾特別醉心於些以科幻外星主題的小說，電影，漫畫……

在此類的創作中……

也有不少的外星來客，被塑造爲…

親和，友善，與地球人交好的……

而眼前的這位，卻是……

當這「電影」二字竄進了腦子時……

她又憶起了……

在那「電影之夜」，錢欣兒沒了影的事……

「我表姐不見的事，該是跟你們脫不了干係吧？」

她壓低了聲音問道。

「在那冰房，鏡子後面……」

「藏了扇門，打開它……」

「便可直通到個『冰星晶人』的祕密工作室裡去……」

「我們亦可藉著此門……」

「輸進那些冰……」

「並經常視察它們在房裡的變動情況……」

「祖母沒去貿然地開啓那門，看來還是對的……」

她暗自思斷著。

「妳那位任性妄爲的大小姐表姐……」

「趁妳不在，在外頭找了個人……」

「硬要去撬開那房門……」

「嗯，恭禧她……」

「抽中個上上籤！」

他如同在宣布甚麼喜訊般，卻使高予潔瞬即神經緊綳。

「我前頭有提到過……」

「『冰晶星』的冰，是具有力量的……」

「在那時……」

「這股力量卻不若現在能被操控的這般穩定，仍然時強時弱的……」

「不巧，錢小姐一入房……」

「我正在裡頭，而我們的冰武器……」

「冰晶星」人的臉上現出了無以比擬的，興奮光采。

「正處於它們『化物能力』的巔峰狀態——冷度強到可以溶蝕你們地球人體的骨骼肌肉……」

「所以，當她一觸到它們後，整個人形就被急快『冰解』……」

「而終化爲一灘水……」

「事後……」

「我還找了一些貓狗，來作實驗……」

「但，這些『冰器』卻再也無法發揮那晚的力道……」

他再深深地看著水上的冰。

「該是因爲當時的天時氣候，再配合刹那間，地球自轉的角度……」「冰晶星」人抬起根手指，憑空轉了個圈。

「冰便變得能直接接受到了宇宙巨型能量，而導致此的……」

「好比，在這地球上，就只有端午節正午時時分，才可把蛋立起來的道理是一樣的……」

高予潔無言地緊抿著唇……

是的，自己是極端不喜歡錢欣兒……

當此人還未失蹤時……

就常憎恨自個兒實在太軟弱；爲甚麼不提起勇氣，把這刁蠻女給直接趕走就算了？

如今，知悉了她竟是「這樣」消失掉……

卻難免心悸不已……

「爲什麼，錢欣兒出事後……」

「那房間卻一直沒法打開呢？」高予潔順勢的想起；搜尋錢欣兒時的種種……

「令祖母很著意的把房給『封』了起來……」

「其實，也等於是幫了『冰晶星』，使我們能全不受干涉，在個孤絕靜極的範圍內……」

「去照管『冰器』……」

「既有了錢欣兒這個『前車之鑑』……」

「爲防止其他冒失鬼再來闖入打擾……」

「我們便用了種叫『氣鎖』的方法……」

「引進「冰晶星」中的氣層——輕如霧，實則堅超鐵……」

「盤據在房中……」

「這樣，就等於替門，窗，牆壁都加了道無型的鎖！」

「如果，只是用地球人類一般的器具，所謂鋸，斧，鑽之類硬去破壞的話……」

「是怎樣都無法達到入內目的的……」

他浮起了個充滿優越感的笑容。

「直到……」

「妳確定心意——要打開那房門……」

「我才解開了此道『氣鎖』。」

高予潔定定注視著那張屬於紀鵬宇的白皙，溫雅的臉龐。

自她來到了這河岸邊……

就有個問題不斷盤桓在內心；

這個披著『地球人』假皮的外星客……

以他原先「冰晶星」人的靈體來說……

對自己……究竟有無一點點的眞感情呢？

高予潔一付疑幻不定，欲言又止的模樣……

於是，「冰晶星」人便像透視了她的心思般道：

「愛情只是你們地球人的玩意……」

「在『冰晶星』上，並不存在……」

「我們無太明顯的性別特徵……」

「而是透過分裂法，由已存在『冰晶星』人本體分出另一個……」

「然後，另一個又再分出其它個……」

「以此不停的循環，來延續種族……」

「但，這蘊釀分裂的時期相當長……」

「大約是要花上地球人整整一生的時間——不若你們只需十個月的懷胎，便可有新生命產生……」

「所以，『冰晶星』上的人口數並不多……」

「可是，相對地……」

「我們壽命也長——可以等於是地球時間的數百年……」

他正色地望向高予潔：

「我完全拿紀鵬宇的心思，來對待你……」

「但，終究，這也只是場『扮演』……」

「很抱歉，要令妳遺憾了……」

高予潔收回了她一直滯留在這「冰晶星」人身上的目光視線。

「你的『地球夢』未必能兌現……」

她悶聲的抗議。

「那是不夠懂『冰晶星』人的地球人類，才會講的話……」

他胸有成竹，傲然對著河波上……那份只屬於「冰晶星」專有的「冰」資產！

高予潔交還了風衣後……

便頭也不回地，離開了河邊。

高予潔躺在客廳的長椅上……

頭發暈，全身發軟，如同生病了一般……

她仍未從，剛才那篇和「冰晶星」人對話所產生的「震蕩」……

給復原過來……

她注視著室內那些精緻講究的陳設擺飾；奢華的紅毯，質地細膩的陶瓷器，水晶雕刻，古董名畫……

想起……祖母信中所強調過：

留此屋予己，除了親情的緣故，也是想藉此，滿足下孫女兒的冒險性向……

如今來看……

這棟令人欣羨的華宅——不過是道『危門』——用來開啓了地球變貌的危門！

呵，慢著……

她突然發現了個疑點……

祖母有說過；她是向名喚作傑佛利的人購置這座宅第的……

可是，『冰晶星』人卻說是他們私自用念力建造了它……

那麼，這個傑佛利和這些外星來客到底怎樣的一種關連？

高予潔從手機的來電顯示，找出了個電話號碼……

打了通她原以爲根本不會打，現刻，也非很情願打的電話……

「我……證實了你的話……」

在電話裡，她聲音微弱對羅盛保說道。

「哈，哈……」

羅盛保在另一頭，放肆地大笑了起來——笑聲中充滿了種勝利者的侮慢。

聽得高予潔十分刺耳——但她強耐住了。「我知道你記者身分，方便查事訪人……」

「所以，能不能幫我找名叫傑佛利的男子？」

「他是我這棟房子的原屋主。」

她有些兒發急了。

高予潔和羅盛保立在一間陳舊斑駁，油漆掉落的平房前……

屋子四週花樹凋萎，荒草蔓生……

還隨意堆放著各式雜物；紙箱，瓶瓶罐罐，廢棄的電氣傢俱……

整個住家環境，給人第一眼的印象，即是……

缺乏整頓，雜亂無章……

這令高予潔有點猶豫了，要不要進去呢？

會把自己的窩，弄成這個樣子……

此人準是意志消沉，生活萎靡……

精神說不定都有點問題哩……

「ㄟ，小姐妳，能不能別那麼會蹧蹋人家的辛苦呀……」

羅盛保看著高予潔一付裹足不前的樣子，便開始大肆評擊起來。

「我可不知是犧牲了多少個人的時間和樂子；披星戴月，夙夜匪懈……」

「差點沒『嘔心瀝血』……」

「才能幫妳找著人的……」

他儘在那邊賣弄成語，誇大其詞。

聽得高予潔白眼直翻。

「有啥大不了的……」

「進去眞給出了事，我一肩扛了……」

他做了個擔東西的姿勢。

接著，便一個箭步跨上去，把門鈴給按了。

「就是皮厚，才一切都滿不在乎的……」

隨著屋內，一陣有點障礙的，應門腳步聲傳來……

高予潔對著羅盛保扮了個鬼臉！

坐在已破得露出綿絮的沙發上……

高予潔，羅盛保兩人皆不太對味地，飲著由缺角杯子所盛的廉價紅茶……

高予潔儘量想隱藏住對傑佛利同情目光……

的確，此時，這個坐在他們對面，臉上有個大疤，右腳跛得厲害的男子……

蓬頭垢面，衣著邋遢……還帶著些許的病容。

滄桑落魄的型貌，實令人不禁連想到街頭的遊民乞丐。

傑佛利卻是這般說道：

「我這付樣子，難免會令人心生憐憫……」

「但，就我個人而言……」

「還能有此光景，卻已屬萬幸……」

他釋然的笑笑。

「你們問我；和那棟宅子的關聯性？」

「這問題，其實是……」

「因我的生命而起……」

傑佛利措字簡明的英式英語，讓高予潔及羅盛保聽得一點都不費力。

「你們……」

傑佛利向他們投射了個探詢似的目光。

「我叫 Kelly，是那位向你買屋的錢女士的孫女……」

「她過世後……我便繼承了房子……」

「現在，正住在裡頭……」

「而這位是陪我來的記者朋友……」

她比了個手勢，向傑佛利介紹羅盛保。

「嗨，我是 Paul……」

他向傑佛利揮揮手，嘻皮笑臉地。

「這所大宅，藏了種似冰非冰的特殊物質……」

「已經證實……」

「是來自外星——會侵害地球……」

高予潔點出了問題，臉上陰影重重。

然而，傑佛利對此說，卻並不顯得意外……

他點點頭，開始敘述自己的遭遇……

「多年前，我是個送貨的司機……」

「報酬雖不高……」

「但，工作順利，生活平安……」

高予潔看得出傑佛利是個頗能知常樂的人。

「後來，出了場意外……」

「送貨車撞上輛大巴士……」

「我身受重傷……」

「雖然，經過急救……」

「但，仍在死亡邊緣徘徊……」

他無奈地無輕晃下腦袋。

「一天下午……」

「我全身裹著紗布，獨自躺在病床上，思索著……」

「時常在聽人們說：

『慷慨就義』『視死如歸』『每個人都有那麼一天』這些話……」「可是，當死神眞的近在咫尺時……」

「自己還是會覺得萬分恐懼，卻又不甘心地……」

「想不顧一切的存活下來……」

傑佛利額上不經意地閃出汗光，像是又回到那生死交關的時刻。

「一位我從不認識，褐膚黑髮的女子，走進了病房……」

「她悄悄地，附在我耳邊說道：

『這兒的人，能力不足，是很難救活你的……』

『你只要和我在一起，定可以把你的生命延續下去……』」

「這實在令人不知其所以……」

「我根本毫不知悉此女的來歷……」

他微蹙著眉。

「但，我卻那麼地強烈希望仍留在人世間……」

「又不是甚麼七老八十的，還有很多事想完成……」

「所以，無論這突然降臨的一絲生存希望………」

「是如何的不可思議法……」

「我仍然無意放棄……」

高予潔，羅盛保都頗爲這傑佛利堅強的生存意志所動容。

「於是，便任由她帶走了我……」

「並住進她的家中，……」

傑佛利話中，透者慶幸，卻又微妙地帶上點懊喪。

「接下來的一段日子……」

「她每天都要熬碗黑色草藥汁給我飲用——說是她們家鄉的續命祕方……」

「我乖乖地照喝不誤……後來……」

「也的確，活了下來……」

他撫了下頭。

「雖然是，臉殘，腳也跛了……」

傑佛利指指他身體的這兩個部位。

「過不久……」

「我便和艾薇莎結了婚……」

「『艾薇莎』！」

聽到這女子的名字，高予潔便不由得驚叫了出來。

羅盛保適時制止住她，要她保持冷靜的繼續聽下去……

「我必須承認……」

「對艾薇莎；是感激之心多過於濃烈的愛情……」

「但她很美，很溫柔……」

「大概，很多男人也會將此種類型女子視為理想的對象吧。」

「婚後……我去了家雜貨鋪工作。」

「艾薇莎則是當名純家庭主婦……」

「嗯，該怎樣形容我的婚姻生活呢？」

傑佛利似在自問。

「艾薇莎是個無可挑剔的理想妻子……」

「從不嘮叨，抱怨……」

「家事打理的井井有條，三餐烹煮得美味可口……」

「言行端正，沒不良嗜好……」

「然而，夫妻間……就缺少了番……」

他有些難以表達。

「親密交融……」

「能碰觸到只是妻子的軀體──卻無法深入其精神心理……」

「這種感覺很奇怪……」

傑佛利透出出股迷惘。

「艾薇莎的靈魂……」

「似乎是完全飄蕩在另個不知名的時空中……」

高予潔慨然的想起；她與紀……不，該稱之爲「僞」紀鵬宇的相處，不也正如傑佛利和艾薇莎的婚姻情況？

只不過，自己算是太後知後覺了。

「有時候，艾薇莎也會突然離家……」

「不知到那兒去……」

「但，我卻從沒追問過她的行蹤……」

「夫妻倆同住個屋簷下……」

「卻像循著異樣的軌跡般的，各自存活著……」

「不查她……」

「就沒問題爭執——方能維持住，彼此間的一貫平和性……」

他輕聲地，帶點怯弱的，在那兒解釋。

「直至，有次……」

傑佛利顫動了下。

「艾薇莎不在家……」

「我將她預先作好的通心粉微波加熱……」

「食用時，想加點胡椒粉調味……」

「卻遍尋胡椒罐不著……」

「便將廚櫃裡所有的調味瓶罐拿了出來……」

「想胡椒罐會不會是被藏在它們後面？……」

「卻看到了……」

他神情緊縮，似乎受到了極大衝擊似的！

「一個我從未見過，有著怪異的圖案的瓶子……被嵌在木質的牆櫃中……」

「平時，卻完全被這些大大小小的容器給密密遮擋著……」

「起初，我想裡頭大概是裝藥劑或甚麼香料之類的……」

「拿出瓶子，拔開瓶塞……」

「取出的卻是些冰粒……」

「可是，摸起來，卻又那麼軟瘩瘩，滑溜溜的……」

「觸感相當詭異……」

高予潔明瞭；傑佛利講的瓶子，和自己在公寓中所找著該是相同的……

「極顯著的，這種似冰般的莫名物質，是被當寶般的珍藏……」

「我研究著那冰瓶上圖案；像捲心菜型的，是飛跑的雲朵，還是凝結的霜雪哩？」

「圓的，帶狀的生物體，竟又透著點『人』的樣子？「它們到底是甚麼呢？……」

「眞是一點都沒搞懂這些圖的所指及意義……」

「我將冰重新裝瓶，蓋好……」

「置回原處……」

「調味瓶罐也一一地，照著舊位置，再擺進櫃子……」

「一切如昔……」

「完事後，腦子卻儘是充塞著艾薇莎的影子……」

「在那裡不停地旋轉……」

「原來，她所呈現的那番神思悠遠，飄脫於世的形貌……」

「是另有其因的……」

傑佛利端起杯子，發洩性地，牛飲了兩大口茶。

「我已無法不強烈的去質疑；艾薇莎是否是非我地球的族類？……」

「所以，就改變了慣例……」

「開始留意起她的行蹤來……」

「一日，我在客廳……」

「用報紙擋著臉孔——假裝閱報……」

「卻不時地，暗中留意艾薇莎在廚房裡的各式行爲……」

他不適意的動動身子。

高予潔看得出；此人並不習於去演繹個對妻子不信任的丈夫角色。

「她洗好碗，便從廚房的後門走了出去……」

「我則悄悄地尾隨其後……」

「見她來到妳現在所住的宅子前……」他指指高予潔。

「然後，像遇著了幕妖幻景象般……」

「『艾薇莎』從她的身體內，直接就分出了個……」

「像我在那瓶上所見到帶狀的生物體！」

在高予潔，羅盛保駭然地反應下……傑佛利則是勉強的喘了口氣。

「藏在樹林裡的我，難以控制地大叫了聲……」

「而使那帶狀的生物體，一下子就給縮進了旁邊的人軀中……」

「回復原態後的『艾薇莎』，把我從林中喚了出來……」

「待我走近後，艾薇莎平靜的對我說道：

『雖然，你是做得很小心沒錯……』

『但，那瓶子擺回後的角度，和本來的還是有了那麼一點點的偏差……』

『所以，我知道它其實曾被動過……』

『對，沒錯……』

她對我點點頭。

『我的確是個外星來者——負有要兼併這地球的使命……』

『那個瓶子裝著是我們的聖物——類似地球人的生化武器一類的東西……』

『我察覺得出………』

『自你知曉有這瓶後，便不時在窺視著我……』」

「當艾薇莎說這些揭穿我的話時……」

「依然如平時那般輕聲細語，臉上帶了個甜得化不開的笑容……」

「但，卻讓我汗毛直豎……」

傑佛利揩了下面頰及前額。

「接著，她又說道：

『你從家裡跟蹤我來此，又躲進了樹叢——這些行動，我全都明……』

『循環至一定時間，我們的本體是會暫且脫離所附著的地球人軀殼……』

『來輕鬆一下的……卻不巧，被你給撞見了！』

『不過，我原本也沒打算掩蓋甚麼——因爲，你遲早也會發現眞象的……』

她現出了個淡淡地，無所謂的樣子。」

「我強憋著氣，去斥責她：

『等於是假借個身分，來跟我成婚……』

『再用這妻子之名，去掩飾妳在地球的一些不當行動，是吧？……』

『這不啻是場「騙局婚姻」！』」

「她卻隨即揶揄我道：

『但，你可是因有了這樁「騙局婚姻」爲交換，才能活過來喲……』

『你還眞以爲是天天飲用那草藥，而保命的？』

她突地冷厲的注視著我。

『喝藥——不過是顆煙幕彈罷了……』

『要不是我這『冰晶星』人暗暗地消耗了不知多少元氣能量，輸入你這『地球人』身內……』

『請問，親愛的丈夫您，又怎能如此輕易就『起死回生』呢？』這『冰晶星』人振振有詞地……

『你在我們這邊有所獲得，所以，是不是……』

她進一步逼近我說：

『也該付出點啥作代價呢？』

「我終究還是認爲：這段婚姻關係必須趁早結束掉……」

傑佛利果決地表明著。

「她倒也沒怎樣爲難，就應允了……」

「居然，還要把那房子給我……」

「她是這樣講的：

『你們地球人，不是習慣，一離婚，總要取回些甚麼的嗎？』

『那我也不妨就『入境隨俗』番，贈予你點東西吧……』

「我心頭有數；那棟宅子必有古怪；定是這幫『外星客』要私自在那邊搞風搞雨，來整跨地球的……」

「可是，人畢竟沒法完全戰勝自己的貪欲……」

「所以，並未去拒絕……」

他頗具自省性的講道。

「沒料到，錢女士竟看上那棟屋子……」

「而且，還執意非買下它不可……」

「我呢？……」

傑佛利乍然間，面露愧色。

「也想……多點錢傍身……」

「因此，做了個並不很對的決定……」

高予潔卻投給了他諒解的一瞥。

「或者，你們會認為……」

「得了些現款——該可過點較像樣的日子……」

「但，經了這樣一段……」

「我意志卻變得十分消沉……」

「總覺得，目前的型態最合我……」

他溜了眼自己身上那件深藏青色，有些襤褸的粗布襯衣道。

傑佛利講述至此……

室內的光線似乎突然地暗了下來……

一陣莫名的惆悵，從屋主蔓延到兩位訪客身上……

「哇哈……」

不知怎的，羅盛保忽然爆出聲怪叫！

「酷啊，炫呀……」

他右手握拳，往上一提，萬分激動地說道。

「千載難逢……」

「你老兄竟眞格兒跟個外星『異型』，成了夫妻……」

「作古後，還可以把這事蹟刻在墓碑上……」

「供人憑弔瞻仰……」

「你嘴裡，怎就吐不出一句好話來？」

高予潔瞪了羅盛保一眼。

「嘿，實在點說……」

「這外星人也算是個『人』吧？」

羅盛保又冒出句令人摸不著邊的話來。

「那，傑佛利兄，你在跟這個叫甚麼艾薇莎的『冰晶星』人，緊密地生活那段日子……」

「有沒有發覺到她有甚麼弱點或死穴？」

「例如：某些東西，是她特別懼怕或抗拒的？」

他探索性的直視著傑佛利。高予潔聚精會神地在等待傑佛利的答案——她對羅盛保問這話的作用，已了然於心。

「唔，好像沒有……」

傑佛利極力地在自己的記憶匣中搜尋著。

「可是，有個早晨……」

「我走進餐室，卻見著艾薇莎……」

「正從本雜誌撕下其中一頁，揉成一團，扔進垃圾桶中……」

「她的樣子……似乎有些……」

傑佛利考量了下形容的方式。

「『憂煩』……」

「但，又參雜了些惶懼及不放心……」

「我問她到底怎麼了……」

「她卻回答我說：

「『雜誌有篇文章輿論，我不大贊同……』」

「我知道她在避重就輕——所以，禁不住就瞄了桶裡的紙團一眼……」

高予潔及羅盛保都不約而同地都把身體向前微傾些……

現出一付急切想探究其下文的型貌……

「上面好像有個 London A—u—t……甚麼的字樣……」

傑佛利有點不確定地在回想。

「倫敦拍賣會〈London Auation〉？」

羅盛保馬上如此的連想著。

「嗯，是有可能……」

傑佛利應得有點含糊，可是，卻又繼續推敲道：

「因爲，在這些字母的旁邊……」

「有幅圖象；很像是個白色燈罩，或瓶罐甚麼的……」

他伸出雙手，想模擬出那東西的形狀，卻不得要領。

「圖下面；還有個以 mo……開頭的甚麼字……」傑佛利吃力地想著。

「紙張皺在一塊，所以，沒法全看清……」

「還有，當時，我趕著上工……」

「一心就只想解決掉——桌上那份已快冷卻的麥片粥及醃肉蛋捲早餐……」

「所以，也沒再多留意那個紙團了……」

他試圖解釋得詳盡些。

「今天，是被 Paul 如此一問……」

「才又提起的……」

高予潔對這傑佛利所說的含糊不清的線索，不免有點失望。

反倒是，羅盛保卻拿出記事本與筆，將此一一紀錄下來。

「那，傑佛利，事情發生的年分是在……」

羅盛保又問。

「二零一零年……」

「好極了……」

他竟顯得喜孜孜的。

「這痞子記者，是有領略到甚麼嗎？」

高予潔猜著，隨即，轉向傑佛利道：

「就你所知……」

「艾薇莎，她還具有甚麼其它身分嗎？」

「會替人觀測氣場，然後，以此爲根據……」

「提點他們應注意的事項……」

「可說是另類算命的……」

「大概此型的人物——是較容易觸著外星頻道……」

「而便於他們這些非地球人的『入身』吧……」

傑佛利多分析了下。

羅盛保則向高予潔拋了個眼色，暗示著；

「你看，是吧？我就說嘛，那個妳在市集遇見的吉普賽女子有問題……」

高予潔凝視著自己的指甲……明白了……

「自己已勿須再懷疑她所認識的艾薇莎，和傑佛利所講的，是否爲同一人了……」

談話嘎然而止……

羅盛保卻見著了高予潔，傑佛利竟同時浮現出個相似的神色……是惆悵，是遺憾，又像在追憶和探尋……

「也許，他們是在假設……

自己的戀人與妻子……

如果是以原先的存在，而非『異形』入侵的他們……與自己一塊……那麼，又將是這樣一幅光景呢？」

羅盛保臆斷著。

「所幸，我可不像眼前的一男一女……」

「這般衝動白痴……」

「才會落進了，如此反常，聽起來眞還有些滑稽可笑的『愛情陷阱』裡……」

「一直就只穩穩當當的做我的『絕情谷主』而已……」

「才能落得如今的逍遙自在，了無牽掛……」

他聳聳肩，動動鼻子……

不覺得，就流露出幾分得意起來！

江明生從轉動的餐檯上，取了盤烤雞加水煮馬鈴薯……

並另外要了瓶礦泉水當飲料……

當下，正是午餐時間……

但，到這大學餐廳用餐的師生，顯而易見，並不多……

原因無它；就是東西不夠物美價廉……

然而，江明生對自己托盤上，那碟毫不具任何色，香，味誘惑的「雞+薯」卻並無任何異議……

自他懂事以來……

就認定——食物只不過用來支撐身體，使其能發揮力量，來完成那些自己所肩負的使命罷了……

花費巨大心力及時間，做「吃」的來享受——這樣的事兒，他可從未苟同過半分……

他揀了個靠窗的位置坐下來……

還未開動，高予潔便已自他面前坐下……

「我去實驗室找你，他們說你到餐廳來了……」

江明生沒啥反應，逕自切開了盤中的半隻烤雞。

「對紀鵬宇這人，你究竟懂他多少？」

高予潔一開頭，就如此不假掩飾的問道

「懂他的甚麼？妳所說的多少，又是多少？」

江明生認爲她問得有些沒頭沒腦。

「他……不是我們這兒的人……」

不知爲何，當她怎樣一說，心就不覺得抽痛了下。

「……從別的……星…來的……」

「是那些……『冰』的……主人」

她竟變得有些語言窒礙起來。

「也許，妳認爲，我浮誇了……」

「但，我個人的五覺感官，的確可以比一般人穿透得更深，更遠……」

說此話的江明生，似乎整個人都「亮」了起來！

「紀鵬宇腦波的律動變化，與我們大不相同……」

「從遇到他的第一天起……」

「我就已識破此點……」

「還有，那位在市集擺攤的吉普賽女子，和紀鵬宇也是同樣的情況……」

他說得十分隨意，接著，就切了塊雞胸肉，放在嘴裡，咀嚼了起來。

「既然如此……」

「那，大家相識一場……」

「你就不能先提醒下呀？」

高予潔動氣地說著。

要是這個「科學怪物」當初肯多說那麼一點；自己就不會貿貿然地對個「外星仔」投入感情，而導致受傷害。

「早早的……」

「我就看出了，妳與紀鵬宇間隱約的情愫……」

他平靜地答道。

「便決定；還是不要去多話的好……」

「讓妳 hold 住這份美好感覺——也許，並非恆久……」

「但卻能使妳在英格蘭，有過那麼一段幸福的時光……」

「你江明生，甚麼時候開始關心起我高予潔的幸福來？」

高予潔用食指，指指對方，又點點自己的心臟，質問道。

她的聲音有些過大，惹得別桌的人爲之側目。

「這還眞格兒是太陽底下第一樁新鮮事兒！」

她又悻悻然的加了句。

江明生沒說話，對著高予潔……

眼底竟閃過一絲柔情光芒，她怔了怔……

但這光芒卻只是秒瞬間掠過，根本來不及捕捉……

高予潔亦隨即斂色道：

「好，不扯這些了……」

「言歸正傳，我來找你是因爲……」

她停了會……思索著如何把接下的話表達得更適切些。

「不錯，你的『黑火石』的確犀利……」

「但，只是暫時止住這些來自不明外域的『冰體』……」

「終究，還是無法完全瓦解他它們…」

高予潔抱憾的在說。

江明生卻仍一派無動於衷在切著他的烤雞。

「不瞞你說……」

「我和……紀鵬宇……」

提起這名字，她已有些拗口。

「曾以……地球人和所謂『冰晶星』人的身分……」

「進行過談話……」高予潔原以爲，江明生聽了此事，總會給點反應甚麼的，誰知，一切依然，他就只在那兒全心全意地跟自個的「午餐」搏鬥。

「從他的態度和話看來……」

「那些『冰』力量已大大地增強——大到足以侵犯地球……」

她困難地嚥了口氣，江明生則是連頭都未見他抬一下。

「所以，我想……」

高予潔垂首凝思了幾秒。

「召聚些人，看能不能一起商量出個對策來……」

「其他的，又是甚麼路數的？」

江明生總算開口了。

「何賓是園藝家，羅盛保則從事記者工作……」高予潔答著。

「根本風馬牛不相干……」

「像他們這樣的人，到底要拿什麼來對付這種詭奇可怖的外星物質呀？」

他擦擦手，冷然的評斷道。

「話不是這樣說……」

「大家截長補短，集思廣益嘛……」

「他們所懂，想得到的事，往往未必是你這位大科學家所懂及想得到呦……」

她不滿地駁斥。

「我可以獨力找出徹底消毀它們的方法來……」

江明生扭開礦泉水的瓶蓋，灌了口水道。

「我們常在說：好心做壞事，弄巧反爲拙……」

「而，江明生先生……」

高予潔拉直了背脊，有點像是挑釁似的在講著：

「你的『黑火石』，表象上……」

「擊毀了些冰……」

「實地裡……」

她想要故弄玄虛似的眨了眨眼。

「卻帶給了存活下來的『冰』一番反作用……」

「另行發展出足以對抗你『黑火石』的能量……」

「那可不可以說……」

「你也等於在無意中，間接在增大了那『冰晶星』人侵地球的機會呢？」

「若參加此次聚會，能得到某種結果……」

「也許，就彌補了你的錯誤，是不？」

高予潔覺得此話就如同要把過去江明生對自己所施的「激將法」再還諸其人般。

江明生卻神情自若，像早已準備好了似的回應道：

「當我把火石擲向那些冰時……」

「妳正往紀鵬宇懷裡攢……」

「他用一手緊攬著妳……」「但，他其他的肢體部分，卻是微微地在抽搐……」

「若以此人眞實身分來判斷……」

「會這樣，該是在暗中發動某種力量，試著削弱火石的威力……」

「而非加強……」

「這個外表一點都不起眼的男子，所具有的極度敏細的洞察天份，著實是令人吃驚又害怕……」

高予潔暗斷著。

「所以，妳說火石竟對那些冰產生了反作用……」

「我可一點都不覺得意外……」

江明生鎮靜自若。

「那就只有我一個人，才是傻瓜了……」

那天晚上……

她總算弄明白了……

在開了房門，遭受冰襲後……

三人在客廳，飲著茶時……

紀鵬宇，江明生這兩個男的，也不過，就是當著她的面……作了場戲罷了！

「不管你的決定爲何……」

「我還是要告訴你……」

「明天，下午兩點鐘……」

「我們三人會在『Tropical』吧……」

高予潔稍稍俯向江明生。

「希望你也能加入……」

她由衷地表示道。

『Tropical』吧裡……

羅盛保百般無聊地玩弄著手機，何賓則在翻閱一本園藝性的雜誌……

高予潔卻老是眼神不定的直望著外頭……

店裡的掛鐘，已指向了三點過五分的時刻……

高予潔瞧瞧鐘……

瞪視著桌前那杯喝到幾乎要見底的芒果特調飲料……

然後，一捽頭，毅然決然地說道：

「不等了，我們開始說事吧……」

「其實，這個叫江明生的，不來也罷……」

羅盛保附和著，將手機收進了口袋。

「跟這類型的『怪咖』相處——可謂麻煩無限大！」

他作了個兩圓合一，在數學上屬於無限大符號的手勢道。

來這酒吧前……

羅盛保便已聽高予潔描述過江明生一些事；所以，就認定他必是那種是「極難溝通」的人物……

「他怪？你就正常了？」

高予潔毫不客氣對著江明生如此說。

「我不正常？但，可是非常有作用哩……」

羅盛保從帶來包裡取出了些文件資料來……攤在桌上。

意興飛揚地宣佈道：

「從傑佛利那兒，拾了些支離破碎的訊息回去……」

「可是，我就硬有本事……」

「把它們給完整的拼湊出來……」

「而得出了個結果！」

「是啊……」

「誰都知道，你們這些幹採訪的，嗅覺就就像獵犬一般發達……」

「用聞得都聞出事情的味道來……」

高予潔已習慣於不時地，要和這名「愛現」的記者抬抬槓，拌拌嘴。

「那就敬請分享我這隻天才獵犬的驚人大發現吧……」

「listen carefylly，please……」

羅盛保故作紳士狀的對何賓與高予潔欠了欠身。「基於職業需要……」

「所以，倫敦每年的精品拍賣會，我都有留意……」

「二零一零年那次，有件物品，卻特別有點印象……」

「因爲，據說它是來自中國，八國聯軍後，才輾轉到了U.k的……」

聽到「中國」「八國聯軍」這些字眼時，高予潔，何賓皆心裡動盪了一下。

「此物，有傑佛利所提過：名稱有上mo兩個英文字母，及像白色燈罩般的外型……」

這一刻，高予潔總算了解，爲何傑佛利答說「二零一零年」時，羅盛保竟是喜孜孜的。

「我再追查了番……」

「便肯定是這勞什子了……」

他從紙堆中抽出了一張圖，予於高予潔，何賓觀看……

映入兩人眼廉：是個白亮透明質，微泛著奶黃色光芒，類似金字塔型的物體……

「『Moon hill』——『月之丘』……」

「二零一零年，五月二日，在南肯辛頓拍賣會上……」

「下午四點零二分過三十秒時……」

「由倫敦最大藥廠的老板——安德烈爵士，以三十萬英磅整標得……」

羅盛保吐出一連串精確的數字，以示其用心。

高予潔將這所謂「月之丘」拍賣品的圖象，正面側面，上上下下地細瞧了好幾遍；卻沒看出任何名堂，而獨自納悶著……

「這『月之丘』——『Moon hill』……」

「在中國時，原本是被喚爲『月琉璃』……」

「而它其實是一個『邪物』……」

何賓卻是這般的語出驚人道。

「十九世紀初，在西域……」

「有個祆月教派，教中的有位大祭司，名叫阿茲汗……」

「據說，此人不僅博學多才，還精通法術……」

「他執意要爲自己的宗教，打造出一件獨一無二的法器來……」

「阿茲汗跋山涉水，終於尋得了他心目中的祕域寶地……」

「在一懸崖峭壁下，竟出現了個『冰火同源』處……」

「冰終年不化，火燃燒不熄——卻能互不抵觸，而各保其態……」

「於是，這名祆月教的祭司，便拿著已預備好，用西域特產琉璃所製成的如山丘狀法器……」

「吸取了這『冰火同源』地帶的異氣精華……」

「及正陽滿月時的完整光能……」

「而製成我們現在所見——祆月教的鎮教之寶『月琉璃』……」

何賓又多看了那圖一眼。

「清朝中葉，祆月教發生場紛爭內鬥……」

「於是，有人便趁機盜取這件寶物……」

「再輾轉帶到了中原……」

「曾被多位皇室中人收藏過……」

「而庚子之亂後，就被外來的軍隊收刮至這大不列顛國來……」

「並另給了個名字……」

何賓乾脆拿起圖，貼近地研究著……

「見識到了吧？」

「何賓先生對這『月琉璃』所懂所述，才是『資料』呀……」

「你那點，簡直就只能算是道魚乾小菜……」

高予潔又趁機糗了糗羅盛保。

羅盛保則尷尬地搔了搔頭。

「這『月琉璃』可稱得上陰陽併合，極寒極熱之物……」何賓又開口道。

「威力過大……」

「接手它的人，幾乎都曾遭受到禍亂……」

「所以，我一開頭，就有說此物帶有邪氣……」

「不過，試問，又有誰是從沒遭遇過些或大或小災難呢？」

「說這『月琉璃』不祥，應該，也是有些附會上去的成分才對……」

何賓又適時地修正了自己的話。

「『Bingo』！」

羅盛保將食指及姆指，按在一塊，彈出「嗞」的一聲，像有了甚麼大發現似的。

「以我們所知：『冰晶星』人的『冰』具有股非地球常態性的『冷』……」

「想必這種冷，便是促使它們產生極大的攻侵能力的主因……」

「而即是烈火，恐怕也難完全制住這絕寒的冰體……」

提及此，這名吊兒郎當的記者竟也顯出，平時幾乎完全見不到，艱難尋思的表情來。

「而像『月琉璃』這般稀罕，以『冰火同源』爲底，所打造之物……」

「就能先以它的『至寒』壓住這外星冰體之『奇寒』……」

「令它們無法發威……」

「再以其本身具有的『火性』，便可徹底消熔這些冰體……」

「此番可能性應該相當大才是……」

他津津有味的分析著。

「那也就是爲什麼假艾薇莎的『冰晶星』人，會對著『月琉璃』的圖片，產生不安反應的原因……」

羅盛保望著高予潔，憶起了傑佛利所講。

「要對付這些來自異星的奇特物質，看來……」

「還得回過頭，去尋那些古物才行……」

何賓說道。

「那倒是，我有位于姓的長輩上司……」

「就曾用一方漢代的火玉，消滅了些冰哩……」

羅盛保順當的接口。

「嗯……」

何賓微微頷首，表示認同。

「古時，環境純淨……」

「方能役物與天體相通，取其至瀚至剛之氣附著……」

「傳到今日，這些『天物』，便可成爲對抗外星力量的利器……」

「高度科技下的產品，反而未必有此能耐……」

他分析得極其通透。

「該儘早的去找這位安德烈爵士，看他願不願意用甚麼條件交換，將『月琉璃』交予我們使用……」

何賓態度頗爲積極。

「能知悉東西爲何人所收藏……」

「這點，其實是，價值最高……」

「所以……」

何賓指指羅盛保道。

「你的情報，絕非是碟魚乾小食……」

「而是龍蝦或牛排的大菜……」

羅盛保萬分外得意的轉向了高予潔。

不消時，三人似乎也就討論出些眉目來……

大家皆感到即將要完成件大事般……

一股興奮之情……

不覺地就在彼此間蔓延開來……

「千萬別放心得太早……」

江明生來到檯邊道。

「我進門後，便先站在離這桌點距離的地方……」

「好好觀察了你們幾個一下……」

他老實不客氣的承認。

「也聽到了些話……」

「因爲，實驗室有事，所以，在時間上耽擱了……」

「這樣說，大概就算是他在道歉了……」

高予潔望了望乍然現身的江明生，暗自唸著。

「這『冰火同源』的『月琉璃』——是完全超乎常性的存在……」

「需懂得對它運用得法……」

「否則，不但不能按照預想——拿來殲滅異星冰體……」

「還會，進一步，禍及人類……」江明生邊說，邊坐了下來。

何賓，羅盛保全都目不轉睛注視著這位突地冒出……被高予潔形容爲冷鬱，孤寂，曾以自製的『黑火石』擊潰過些來自外星的冰物質的「人中怪傑」！

「我們明天一早就啓程前往倫敦，拜訪安德烈爵士去……」

高予潔下了決定。

「你也一起呀……」

她對江明生說著。

眼底盛滿了從未有過的，對他的依賴與信任。

第六章　冰火同源

安德烈家的收藏室裡……

高予潔，何賓，羅盛保，江明生正夥著安德烈爵士……

屏氣凝神對著罩在玻璃櫃的珍品發呆……

瑩透瑩透，白亮奪目，有著像座小山似的造型……「月琉璃」！

曾聽何賓稱它為「邪物」……

但，此刻，展現在高予潔目前……

這個曾為祆月教的法器的物品，卻是柔和，華美的……

並無絲毫妖異怪誕之氣……

如果，拿人來打比喻……

以它的外型論，該還是個「閨秀」，而非「蕩婦」！

看得差不多了，安德烈爵士便招呼大家去客廳坐……

侍管家上過茶後……

安德烈爵士就以純英腔的英語，首先開口道：

「你們跟我所講；有名爲『冰晶星』人的外星人，要以種似冰，卻又比冰猛烈許多的奇特物質……」

「來侵犯地球……」

「聽起來，十分不可思議……」

他略遲疑了下。

「不過，我選擇相信你們……」

爵士對著眾人捌嘴一笑，笑容充滿了鼓勵的意味。

何賓，高予潔，羅盛保都不覺地，對這位身材圓潤，兩頰紅通通，和藹大方，就像個聖誕老人似的爵爺，露出感激的神情來。

「當初，我執意購下『月之丘』……」

「這其中，是有兩項原因的……」

「自小，我對來自東方的藝品，就有所偏好……」

「得知這項東西，來自中國，自然便想擁有……」

安德烈爵士此話，令大家又對他更多生出幾分親切感來。

「另外，就是……」

他的臉色有點凝重。

「我曾有聽說過；這『月之丘』有魔性，一放在身邊，就會出事……」

「但，就因爲此點……」

「反而使人對它更懷著興味……」

「想向此魔物挑戰……」

爵士的聲音些微的揚起。

「我狠命的保護自己，不容許生活上發生半點差池——看看這琉璃物能於我奈何……」

何賓輕笑了下；覺得這位大藥商有些孩子氣。

「如今，安然無恙的過了那麼多年……」

「我想；人已鬥羸了物……」

安德烈爵士手握拳頭，自我稱許著。

「而跟這玩意的關係卻也差不多該盡了……」

他又似有所悟的說。

「所以，乾脆就送給你們，去抵抗『外侮』吧！」

爵士張開雙臂，朗聲宣佈出。

「呀……」

高予潔輕聲叫了出來。江明生卻仍穩若磐石般，不語亦不動。

「哦，這不太妥當……」

何賓老成的回應著

「畢竟，無功不受祿……」

「所以，爵士，您可否提出些甚麼要求，作為交換……」

「我們也安心點……」

「可是，我甚麼都不缺呀……」

安德烈爵士攤攤手，爽快地表明。

「就是說嘛……」

羅盛保隨即蹦出來發聲。

「你客氣來，我客氣去，有啥意思呀？」

「爵士開心成其美事，我們也完滿達成任務……」

「可謂皆大歡喜……」

「將來，滅了冰，趕跑了那些外星仔……」

「就第一個通知安德烈爵士……」

「大伙兒再來好好的敘舊一番……」

「這……該就是我們最好的『pay』了吧……」

他用他的香港英文，好好地發揮番了口才。

麻利地打了個圓場！

羅盛保手捧裝著「月琉璃」的木箱……

神采煥發地，和其它三人，走在倫敦最繁華的牛津，麗晶街的交接處……

「事情搞定了……」

「待會，午餐時，可以吃頓好的……」

「慶祝下……」

羅盛保挺來勁的。

「搞定？事情根本還沒開始哩！」

何賓穩練地指示。

「我們還未識得正確使用『月琉璃』，來滅冰的法子……」

他投給了江明生一瞥，後者卻仍是付撲克牌臉孔。

「而且，也不知道，最終，滅得了滅不了那些冰……」

何賓說得沒錯，羅盛保卻感到是被澆熄興頭……落了個自討沒趣……

他帶著『月琉璃』……

低著頭，就自顧自的往前走……

喀隆，喀隆地……

突然間，不知發生了甚麼事……

迎面而來位少婦，竟發了瘋似地……

推了部娃娃車，就猛往前衝……

撞到羅盛保，使得他連人帶箱跌落至地……

他起身，第一個反應就是：打開木箱檢查……

箱體厚重堅硬；但撞擊的力量著實過強……

「月琉璃」崩壞了一角！

高予潔，何賓，羅盛保個個氣極敗壞……

對著殘缺的物品，都給傻住了……

江明生卻不急不徐的走過來……

他拾起「月琉璃」脫落的碎片……

用手指輕輕地撫觸了那硫璃的質地後道：

「我們很幸運……」

「因爲碰到了次意外，才能提早發覺……」

「這『月琉璃』是個僞品！」

一伙人又折回去找安德烈爵士……

由江明生向他說明了；這贈予他們的『月琉璃』，並非『眞貨』……

爵士尷尬萬分，一連疊聲地道歉……

慢慢地，想起了件事……

約兩個多月前……

有整整一星期，他去荷蘭談生意，不在倫敦……

而在這段時間內……根據管家報告……

有個下午，屋子裡的其他人都出去了……

爵士的侄子弗洛德卻恰恰來訪……

他說想到收藏室去逛逛……

對管家來說……

主人的侄子也算是半個主人了，而這弗洛德的態度有些蠻橫……

所以，也沒多加阻擋，就放他進去……

待此人離屋後……他隨即入室查看，發覺並無異樣……

所以，也沒再多加留意此事……

今日，爵士再度問起……

管家才道出了個疑點……

弗洛德是有帶了個袋子，到收藏室去的……

管家還聽到有點類似鑽子，錐子碰撞的聲音，從他的袋內發出……

而弗洛德進了收藏室後，隨即便把門帶上……當下，他對這一切並未產生太強的警覺性……

但，此刻，一聽爵士說眞的「月琉璃」已失蹤……就另想到……會不會是，那時……

弗洛德在進房後，就是取出裝在袋中鑽子，錐子這些工具，把玻璃櫃從座底移開，然後，將原先的『月琉璃』取出……

換上了仿製得唯妙唯肖的贋品…………再將櫃回復原狀……隨後，自己雖再進到收藏室，卻只也是乍眼一瞧……並無細觀……所以，沒及時發現到它有任何變動之處……

而弗洛德關門一事——表面上，像想防止人來打擾，實則……是想掩住在「掉包」時，會發出的些微聲響……

安德烈爵士即刻找來了弗洛德……

幾經盤問後……

這傢伙終於吐露道：

他積欠了大筆賭債，一直被是黑幫人士的債方追逼著不放……

不得已，出此下策……

使了這招「偷天換日」……

正牌的「月琉璃」已被他售予名喚作伊薩姆的古藝品商……

套現還債！

高予潔一行人來到了倫敦的心臟地帶——科芬園附近……

在此一間名爲「鷹王」的古藝品店中……和這位伊薩姆先生碰了面……一見著他本人……每人的心卻都涼了半截……

這是個和安德烈爵士截然不同風派的人……

橫豎眉，銅鈴眼，嘴闊而紅……

厲害強勢，爲人做事，無任何委婉妥協之處……

「你們說，需要這『月之丘』來解決個很嚴重的問題……」

他不太熱心的回應。

「而希望我能加以體諒……」

「可是，生意終歸是生意，要講規矩的……」「我花了整整三十五萬英磅才購得此物……」

「如果，再轉個手……」

「即使，願意給你們優待……」

他作勢捎了下鬢邊。

「也不能低於三十八萬……」

三十八萬英磅！

高予潔，何賓，羅盛保，甚而，還包括了江明生，聽到這個數……

呼吸幾乎要停止了！

「是我召集大家，來參予此事的……」

「碰到經濟方面的問題，理該由我全權負責解決才對……」

一走出「鷹王」，高予潔便向另外三人，阿莎力地承諾道。

回到 Colster 後……

高予潔卻愁想困思的大半天……

這「1b38000」的字樣不斷地在她眼前動來動去……

最後，她終於選擇了個自己最不願意，卻也是最直接，最簡便能搞到錢的方式——找現任的金泛集團主席，祖母的弟弟，舅公——錢威生……

她親自動筆寫信予這位長輩——希望能以此有誠意的方式打動對方……

高予潔對信中的遣詞用句，一再的琢磨；不斷提醒自己；說話的方式，絕對不能太軟或太硬，要帶點感情，但，又不可太過頭……

她首先向錢威生表示歉意；因自己一時的疏忽，導致表姐錢欣兒的失蹤，造成憾事，對這點，她一直感到十分內疚……〈高予潔斟酌了下；決定還是不把錢欣兒已從世上消失的這個事實，告知她的親人，就讓他們永遠都保有著份『或許，有那麼一朝，她會再出現』希望吧！〉

而她目前急需三十八萬英磅，來解決一個可能涉及地球安危的問題……

如果，舅公肯調借這筆款項的話，將是功德美事一樁，而她也必銘感五內，且儘早將錢數歸還……

她採用最快的方式，將這封信送交到錢威生的手上……

錢威生的回信，也極其迅速，可是，信裡的語氣卻不免有些嚴厲……

信一開頭，即說明道；對於孫女兒不見了的這件案子，從始至終，他從未怪罪過任何人……所以，高予潔勿需將此事，懸掛於心……

至於，她所提及；要用三十八萬英磅來拯救地球的說法，他卻毫不認同……

不過呢，身為個舅公長輩，拿出筆錢，讓自己的甥孫女來陶醉玩夢一下，卻也無妨……但，他又並無打算因此來寵壞她……

所以，不設期限；此款卻仍必須分批償還……

握著隨信所附的三十八萬英磅支票

高予潔大大地鬆了口氣……

看來，這錢威生舅公，並不算太不仁慈……

雖然，以後日常的開銷，要縮緊些了……

從伊薩姆那兒，大伙兒總算及時『贖』回了原來的『月琉璃』……

近觀細瞧它時……

高予潔才發覺到一項事實……

「假物」固可亂眞……

卻唯有「正品」才能閃出……

在優柔中，又透著股利足穿心般，無可替代的獨異光芒！

東西理所當然地，先給江明生拿去鑽研，找出正確的使用方式來對付那些「冰」……

當江明生接過『月琉璃』後，原本嚴肅的神情就顯得更嚴肅了。

「有聽何賓先生說；此樣東西，是位有法術的祭司所製……」

「而對於『法術』這種玄幻之學……」

「我本人雖不排斥，且也有些許涉獵……」

「可是，所謂的『法術』，往往非零，就是一百……」

「力量能大得不可思議，也可以毫無作用……」「結果是極難捉摸的……」

「當然，這『非常之物』，我也自會用我的『非常之法』去析解它……」

江明生深思研判地，注視著手中所攫的『月琉璃』的箱子好一會……

才環視了眾人一周道：

「從這刻起……」

「我將不再與包括你們在內的，所有人接觸……」

「也斷絕所有像 mail 或手機短訊之類的交通方式……」

「關在房裡……」

「全心全意找著如何正確使用『月琉璃』來徹底擊潰這些冰的法子……」

「找到後，我自會通知你們……」

說完後，江明生便脫離高予潔他們……

帶著『月琉璃』，逕自往前走去……

「這人還真像個機械人似的，冷冰冰的……」「嗯，但，做事效率該會是超高的才是……」

「不知他對這『月琉璃』將研究出啥名堂來……」

待江明生背影完全消失後……何賓便如此既批評又期許的說道。

「哼，嘛得耶鬼八百呀〈有甚麼好亂神氣一把之意〉……」

羅盛保衝口出一句廣東話來。

「還不也是人一名……」

「到時，可別……」他故意將聲提得特別尖銳。

「『月琉璃』就還仍只是能當個放在架上的裝飾品而已啊……」

高予潔在旁，卻未表示任何意見……

她不止是在關心江明生探索「月琉璃」的結果……

對他……

似乎還有些啥別的……感性的，輕柔地……正在自己內心的另一頭，緩緩滲出來……

她搖搖頭……

無法弄懂得現刻的自己……

從在倫敦的「鷹王」藝品店門口，三人和江明生分手後……

又過了整個星期又一個半天……

此近正午時分……高予潔咬著指甲，一人孤坐在臥房裡……

這已經成了她這段期間的一個常態……

胃口差，睡不安穩……

焦慮難寧……

有好幾次，她都想搵個藉口，去找江明生……

探探他和「月琉璃」，到底怎樣了？

到後來，卻全都止住了……

她自許並非錢欣兒；可以全不顧他人的立場想法，那麼隨性放縱，等到……真毀壞了整個大局後，還能連睫毛都不會眨動半根……

高予潔慵慵地從床沿立了起來……

打算出去逛逛商店，找人聊聊……

尋點樂子——別再這麼自己悶自己……

她踏出臥室後，眼光不經意地轉了那下……

竟撞見了……

那最後一間的房門……

有甚麼亮晶晶的，掛在上頭……

高予潔急忙地走近前去……

那些亮發的東西竟就是……

冰！「冰晶星」人的冰！它們……

是從室內……竄出？溢出？還是跑跳，飛躍出的？

她腦中亂七八糟，充塞著各式各樣的動詞……

門板上的幾顆冰粒，比先前她所見到的，更爲晶潤碩大許多……

蠢蠢欲動般……

這變象會不會正是個「警兆」？

一個「冰晶星」人已準備好要驅遣他們的力器，正式侵犯地球的「警兆」？

高予潔三步併成兩步，整個人狂亂地地衝下樓……

面對此情景，她急需找個人商量商量……

江明生在「閉關」……

羅盛保？不行，他太輕浮了……

至於波莉，芭比，Mos，就更不必提……他們是根本還未知道發生了甚麼……

何賓，對，就只有找他了——常識豐富之餘，還老成持重，做事有分寸……

她拿起客廳茶几旁的話筒，正準備撥這花匠的電話號碼時……

門鈴卻響了！

打開門，只見江明生捧著裝「月琉璃」的箱子……

挺挺的站在門外……

「去叫何賓，羅盛保他們來……」

他吩咐道。

高予潔，何賓，羅盛保，將江明生團團圍著……

三人的目光都不住的在他身上轉來繞去的……

屋內的氣氛變得有些憋扭……

江明生卻仍氣靜神定，不憂不懼——就像啥都沒有發生過似的……

這付德性，映在高予潔目中……

又回復到先前那番實在不知該對他是欽佩抑或厭惡的交雜情緒……而大家也就這樣，儘乾陪著這個「怪胎」默坐冥想了好一會……

過了十幾分鐘後，江老大也總算開金口道：

「物質本身並非如人類的肉眼所見的，那麼固定……」

「它們內部構成分子，實則是具有極強的不穩定性……」

「所以，時時會產生膨脹及移動的現象……」

「而這些冰，雖是來自外星……」

「但，我認爲，凡是存在宇宙間的一切物質……」

「還是會有它們的共同點的……」

「剛剛，我查過了那些門上的冰……」

「該就只屬此種自然的膨脹移動現象罷了……」

「暫時應還無大礙才對……」

他的手稍稍的掠了下。

然著，大家最關心等待的正題終於登場了……

「坦白說……」

江明生注視著桌上正中央擺著「月琉璃」的木箱道。

「我雖曾很努力地析解過這「月琉璃」的質……」

「但，始終，無法確定它究竟爲何……」

「倨傲的英才，老天也總該給個碰壁的時候，來挫挫他們的銳氣的——這不會是他的第一次吧？」

羅盛保聽到此話，心頭有幾分幸災樂禍。

「我姑且下個結論……」

「它雖具有一般琉璃的『型』，實則……」

「卻是冰，水，火，日光月影各類元素的最高熔合……」

「以我目前所涉化學領域的知識，技術來說……」

「必須承認道；仍無法找出如何正確使用它，來對抗冰的法子……」

江明生說這話的語調，仍一如往常，平直，無起伏，不具感性。

羅盛保則像有些滿足似地看著他的失敗。

「我對這『月琉璃』的研究，停擺過好幾天……」

「直至，有個午後……」

「天空卻突地飄起了雨……」

「我稍微遲延了下去關窗……」

「竟讓雨點給潑灑了進來，滴到了放在窗邊方桌上『月琉璃』！」

「而此物的光度，似乎瞬間也就有了些改變……」

他的眼睛閃動了下。

「找出答案的關鍵卻在於……」

江明生推推鏡片。

「天落雨；此景象，啓發了我一番觀念……」

「所謂天為上；降雪即能成冰，地為下，生木則可取火……」

「就此推繽；是不是……」

「將『月琉璃』的本體正常放置，可發揮『冰』的功能……」

「調轉底部過來拿，卻能產生『火』的效用呢？」

他如同自問般道。

「我隨即來場試煉……」

「發覺到：當『月琉璃』的上部底層互換時……」

「溫度的確產生了極大的變化……」

未等眾人如何反應……

江明生已立起身子，從箱中取出『月琉璃』……向高予潔說道：

「妳把房鑰匙給我，我一個人進入即可……」

「勿須太多人來湊熱鬧……」

羅盛保，高予潔，何賓三人卻都全緊緊地跟隨著他……

二度入「虎口」……

高予潔的心情跟上次卻大大的不同……

她自認此次絕對能處變不驚地來場「冰的歷險」……

何賓，施明生他們卓絕的「穩性」，連帶地能把她給「鎮」住……

「冰」在他們四週飛舞著……

伺機行襲般……

只見，江明生先不慌不忙將『月琉璃』置於地面……

再從衣袋取出個套子，自裡頭取出了一方類似乾冰之物……

然後，像作爲項引體般的，用它來觸弄『月琉璃』那個尖圓型的頂端……

他的手勢相當地輕緩而細膩……

過了會……

便有一股巨烈的冷氣，從那件琉璃物中衝出……

此冷，是種大伙兒從未體驗過『奇極』之冷……

就像是同時劈開幾座冰山，再一股腦兒把它們所有寒氣都匯聚起來似的……

每個人的身體都因此被凍得分外僵疼……

然而，奇蹟卻發生了……

房裡的冰，竟嘎然靜止，不再飄飛……

且正逐個，逐個的……在縮小………

「先用冰導冰的方式，讓『月琉璃』的寒氣盡釋後……」

「便能以此來『以寒制寒』，來消滅這些冰的威力……」

何賓注視著眼前正在靡靡下沉的「冰」勢，點出了江明生的作法。

江明生卻仍不作聲，只自顧自將『月琉璃』給倒轉過來……又從褲袋中，掏出個半個手掌大的立方盒，打開盒蓋，從裡頭拿出，類似高予潔上回所見，一小塊黑石……

他用黑石磨擦著『月琉璃』的底部……

羅盛保則看他有些像是原始人在鑽木取火……

磨擦幾下後……

空氣就顯突得燥熱起來……

一團火影從琉璃中躍出……

在房中，兜轉著圈子……

火影一直未眞正去觸到冰的本身……

卻能以它的光芒與熱度去影響它們……

使得冰縮的速度竟變得又快又猛……

等到，所有的冰化成個極小極小的分子後……
江明生便又用黑石，但，此次卻改爲強力性地，往『月琉璃』的底部那麼死命的一搓……
另道火影隨即飛逸而出……
而它迴旋的時速度及亮度，均超越了前者……
雙火齊飛一陣後，竟然是巧妙的合而爲一……在此情景下……
所有的冰瞬時間皆化爲水……淅瀝淅瀝的在落著……
新形成的火影，停止了兜圈……轉而撲向了不斷滴下了的「冰水」……
這一撲……
卻是水火同盡——冰水火影一起在房中消弭無蹤……
眾人在心神未定之餘……又瞧到……
那面鏡子——紀鵬宇有到提過，擋著扇能直通到個『冰星晶人』祕密工作室的門……
其間，卻突地現出了了紀鵬宇，艾薇莎兩人的影像……
卻只驚鴻一瞥……
此雙影瞬間隱沒，換上的是一對如直立白帶魚般，屬於原本『冰晶星人』樣貌的人形……
四人盯著鏡面，免不了有有些惶惑……
誰知，這影像亦頓時即失……
伴來卻是轟隆的一聲巨響……

鏡子碎了，整棟屋子更如遭到地震般動搖起來……

「趕快離開這兒……」

江明生指揮大家道。

高予潔，何賓，羅盛保，江明生站在離屋子數尺之處……

靜肅地看著它崩榻，分裂爲片片的殘骸……

及這些片片的殘骸再如何一一地從他們的眼前消失殆盡……

此「冰晶星人」用他們念力所創造出全鎮最豪華的屋宇……

在不足一柱香的時間內……已全然滅跡……

現只剩一片光凸凸的荒地……

及四方東倒西歪的花草樹木…………

何賓惋嘆著，卻更替高予潔抱撼……

羅盛保則是不知該對她說些甚麼才好……

「雖然，房子是沒了……」

「卻因此證明到：『冰』是徹底給清除了……」

「再也不能威脅到地球……」「付出了代價——卻值得……」

高予潔即率先的，如此自我化解著。

「鏡裡，那兩個『冰晶星』人影消失後，鏡子就接著碎了……」

「作怪的外星人合該也是給趕跑了才是……」

她雖輕輕地帶過這點，喉頭卻像哽了一大塊似的。

『冰晶星』人走了——連帶地，他那紀鵬宇的「外殼」也將不復得見……

自發現事實後……

『冰晶星』人，紀鵬宇這兩個截然不同的形像，便老是不斷在她心目中反覆糾結著……

如今，這份糾結該是勿須再存在了……

然而，不知為何……

高予潔卻低眉俯首……升起股惆悵感來……

「人立在世上，並不是只能單單愛戀一個人的……」

江明生靠近了高予潔，像看穿她的思緒般說。

他的目中再度閃出到那抹，高予潔前次，在大學餐廳所見，帶著柔情光芒……

不過，這光芒卻不若上回的曇花一現，而是牢牢地，就這樣一直，一直的停駐在他的眼底——

——未曾再消失過……

循著此光芒，高予潔一股本能衝動的，便把頭枕在江明生的肩上……

她從來沒料到過……

這位一開始，她曾排斥過，摸不著，猜不透的的怪怪男人……

竟會有如此溫暖，厚實的膀頭……

已近傍晚時分，大半已轉暗的天空……

突然出現一條發亮的軌跡……

在那邊緩緩地，緩緩地移動著……

然後，再逐段，逐段的在空中隱沒……

「那是『冰晶星』人回返他們的原星球的訊號嗎？」

大家猜疑著，卻都沒發聲。

天空已全暗了下來……

黑幽深沉，廣漠無垠……

四人卻遲遲的，未將他們停駐在天邊的目線調回……

經歷了這場「冰」的事件後……

每個人都變得分外開闊了起來……

不再局限於單一的地球人身分與人生……

而把自己擴大爲完整宇宙的一部分……

高予潔對著這片變幻無限，玄奧難測的天體夜空……

不知覺中，竟泛生起一股敬意……

不過，這其中……

似乎還隱了點甚麼……即將要來臨……

她預感著……

對著幾點乍現的星光……

眩惑的眨了眨眼。

番外篇　聖誕之餤

高予潔和江明生在Colster鎮，臨時所設置的耶誕市場中走逛著……

距離這個西方的重要日子，還約有十來天左右……正是一切耶誕籌備活動臻至高潮的時候……

對高予潔來說……

這可是她，從小至大，最最期待的一個聖誕節日……

一年多前，結束了「冰」的事件後……

巨宅沒了，她另外在這鎮上租了間小房子……

她向些鎮民解釋：因為一股無法理解的超自然力量，使她的住處瞬間化為烏有……

所幸，大家都並不是那麼關心此案，就都採取姑且信之的態度，使得高予潔也就無需多費唇舌下去。

Mos，芭比，波莉紛紛向她探詢紀鵬宇的下落……

她只得跟他們說：他家鄉臨時有緊急事，非得馬上趕回去不可，所以，來不及通知友好們……

而她與他之間的感情，也不得不劃上個句點。

三人先是一陣嘩然，但經過些時候，也就給淡了下來……

本來的居所沒了，卻使她另具有了向錢姿曼基金會請款的資格。

她繼續泰然地過著她在這 Colster 鎮的小日子……

陪伴江明生做他的化學實驗，偶爾製造陶土自娛……

當然，也得不定時向錢威生舅公還點錢，意思一下。

而和江明生這怪物爲伍，著實是無趣得厲害……

但，也因他那番超越尋常的「定」與「沉」——能使她跟他在一塊，有份滿分的放心！

不過，日子的確過得有那麼點 boring 了……

但，就在一個月前……

思汶在來電告訴她說：

今年，她可是痛下決心，無論如何，都要排除萬難，到這兒來，跟高予潔共渡個溫暖，傳統的英式聖誕……

過不久，劉顧爲又通知她道；

十二月中旬左右，他將帶著全家大小到歐洲旅遊，耶誕夜前一天，他們會轉至 Colster 來，和高予潔一起過節……

怎都料不著，這次的 Christmas 竟會有這麼多位「親」人加進來……

她的心漲得滿滿的……

巴不得聖誕能快快到來……

「Mos 他們幾個已經唸完碩士，即將準備要歸返家鄉了……」

「我看，我們不妨選點禮物，讓他們帶回去吧……」

高予潔邊仔細觀察各個攤位，邊對江明生如此提議。

「Mos，還是送汽車模型才最合他的意……」

「波莉呢？可以替她選個有白金漢宮圖樣的茶壺……」

「一些叮叮噹噹的飾物，可能還不如比盒頂尖的比利時巧克力或英國什錦餅乾甚麼的能討芭比的歡心……」

高予潔盤算道。

「妳拿主意就得了……」

江明生不太上心的在接腔。

「哎……」

「你就不能對化學以外的事，也發表點意見呀……」

她有點在埋怨了。

「我要眞說甚麼來著，妳又會給個一概不接受……」

他淡然的應答道。

「那倒是……」

高予潔心悟著。

「戀人間相處，的確也是包含了太多反來覆去的矛盾……」

於是，她便不再去勉強江明生了。

「哇……」

她又差點驚跳起來。

迎面而來的竟是羅盛保和何賓……

一個是輕浮外放，另個是持重內斂，這毫不搭調的兩人，此刻，竟像是十分投緣似的，儘在那兒愉快談笑的走著……

「呀，羅盛保，你怎麼又到這 Colster 來混了？」

高予潔故作不樂的問。

「誰規定這鎮，每人就只有訪一次的配額？」

羅盛保亦裝成有點生氣的在反駁。

「事情是這樣的……」

何賓趕緊跳出來解釋。

「盛保想要替他雜誌闢個蒔花植草的專欄……」

「每天，都十幾通，十幾通的電話，打給我來討論問題……」

這位向來「克盡職守」的花匠，雖然，不能再在原來的地方工作，但，仍留在這 Colster，替好幾戶人家打理花草，對園藝的熱情不減分毫……

「我就乾脆叫他再上這兒一趟……」

「大家當面談，清楚點……」

「還能直接取些資料和觀摩實務……」

「而且，現時，又正值聖誕期間……」

「可以順道體驗一下純屬於這些英格蘭小鎮的耶誕風情……」

他望著市集絡繹不絕的人群道。

「他可是非常敬業的ヌ……」

何賓手搭著羅盛保，嘉許的說。

「對任何疑問，都會追根究底……」

「不找著答案，絕不罷休……」

「連一些細節小地方，也都忠實的記載下來……」

待何賓一講完，羅盛保即刻轉向高予潔道：

「聽到了沒？」

「所以，高大小姐妳用這個『混』字，顯然是……」

「非常，非常的……不恰當！」他猛力的在強調著

「嘿，還有……」

「你們這對，怎麼這樣『遜』？」

羅盛保又出其不意的，對高予潔及江明生這般的喊話。

「儘在逛這些只賣平凡玩意的攤位……」

「一點都不吸睛……」

「跟這市集隔開點，右頭轉彎處……」

「有攤耍特技的……」

「說是特技，可一點都不『幪』人……貨眞價實的……」

他準備好要大大的開講一番。

「那表演者，也不知道使得是甚麼力……」

「讓幾十把小刀，就像長了翅膀似的……」

「在台上飛呀，飛的……」

羅盛保的右手作出飄浮狀。

「而下面的觀眾，個個都看得心驚膽戰的……」

「生怕，一個閃失……」

「刀就落下來，打著自己……」

他伸伸舌頭。

「但，這些刀，就硬是那般聽話……」

「舞了個幾圈後……」「乖乖的，把把都再歸回到原位……」

「緊接著……」

「又有一大群蝴蝶，奔了出來……」

他比了個往前衝的手勢。

「它們蝶翼上的圖案，是種我從未見過的華彩與豔麗……」

「有點像是……」

羅盛保敲敲腦袋。

「從『外星』來的，不似在這兒繁殖出的生物……」

一提起「外星」二字，大家不免都有些敏感，而臉色不太對勁。

羅盛保只得強作鎮定的說下去……

「這批蝶兒，可比啦啦隊的那些正妞，還要更爆更俏……」

「一下子排成V字型，等會又成了火箭，花鐘之類的……」

「也有應景的聖誕樹，雪橇花樣……」

「全變得又快又好……」

「驚呼聲不斷之下，在場每人手掌都拍得紅通通的……」

「意猶未盡時……」

「表演的人，卻拿出個大布袋一晃，把蝴蝶統統給收了回去……」

「帶給大家一陣的目瞪口呆……」

他連說帶動作，把當時的場面給形容得活靈活現。

「不知道這出演者，是啥來頭？」

羅盛保這回，又一本正經的在研究。

「其實，不該稱他是表演特技……」

「應說他在發揮某項的殊異功能才更對……」

他糾正道。

羅盛保處人談事，向來都具有某程度的浮誇性，所以，高予潔對其所講的話，極少會去完全肯定……

這次卻不一樣；她被他引發了意願，急欲到那個有特殊表演的攤位上去開開眼界……

高予潔扶在背袋上的手，不經意的動了下……

特技攤的台上，擺了個有「Christmas special show」的字牌……

表演者是位身材高大，留長髮，皮膚呈紅褐色，外型像是個印第安人，約三十多歲左右的壯年男性……

高予潔和江明生，擠在人堆的最前頭……

高予潔是一瞬也不瞬，眼睛就緊緊追隨著表演台的一切……

此人卻先耍下花槍，搞出幾個假動作後……

才把條麻繩，往上拋擲——像是要往天空索物般……

麻繩一下子消失了，取而代之的是……一團熊熊的烈燄！

這烈燄，即瞬間，竟又轉爲一道曼妙的火舌……跳起優美的華爾滋來……

前仰，後俯，旋轉……就如同是個熟練的跳舞女郎般！

大家還未欣賞夠此「火之舞」……

火舌又已化成條長長的火龍……

火龍又分裂爲段，再速變爲無數的「火粒」……

火粒在自自然然地膨脹，增大後……

便如一隻隻的螢光蟲般，四面八方，迴繞飄飛……

高予潔怔征地望著這些「火粒」……

不禁想起，以前，祖母房裡的那些「冰」……

這兩者的情況，是多麼的類似……

羅盛保曾說及……在此人表演中，曾出現過的蝴蝶……

像從「外星」來的，不似在這兒繁殖出的生物……

莫非……

她出神地望著那位表演者……

他那漆黑的眼眸中，似若有著……

一團紅黃色，朦朦的，如星雲狀的東西……

這令她有種微妙的不安全感……

於是，高予潔便如同要尋求依護似的，倚向了江明生……

咦，怎麼，他的眼中，也有那麼點霧霧的紅黃色……

以前好像從沒見過……

而，一忽兒，卻又消失掉……

也許，這不過是，因爲，剛剛觸到到那印第安人眼底的不尋常顯現……

以致於，對周遭人的眼眸，產生了所謂「假象」性的投影……

該是幻覺吧？

高予潔力持鎮靜……

江明生領著高予潔，離開了特技攤……

在路邊供人休憩的長椅上坐了下來……

天空垂得分外低，低到幾乎要和地面相合……

高予潔茫茫然地……起了另番的心境……

自己的他——五感敏銳得超乎想像，掌控物質元素變化的能力與手法，更可謂出神入化……

這會想來，如此的表現，也自非一般地球人類所能及的……

他該不是……

「你是屬於這兒的嗎？」她望著天空，問身邊的人道。

「今日的我，的確是的……」

江明生沒有猶豫。

「不過，我卻無法斷定……」

「幾百年，抑或，數千年前……」

「我的祖先，是從怎樣個世界來的？」

「會不會正是某個外星球呢？」

他完全知道高予潔在懷疑他甚麼。

「試問，這世界上，又有那個人能夠真正說出自己最先的源頭呢？」

「有此一說：『三個地球人裡，就有一個是外星人……』。」

高予潔十分訝然……

「難道，連我本身也可能是名『非純粹』的地球人？」

她有些失笑的在想。

「我從沒告訴過別人……」

江明生的眼神，聚焦在天邊的某一點……

「凡這地球的存在；時空，人事與資源等等……」

「對我來說，反而是如此虛渺不定……」

「因爲，如果有朝一日……」

「它與宇宙天體相通……」

「那極可能……」

「我們對地球一些固有的認知，都要打破……」

「你未免也太杞人憂天些……」

高予潔不免悄聲抗議了下。

「中國人愛說；順應天命……」

「即是強調；地球人無法抗拒宇宙那股神祕而龐大的力量……」

江明生仍在慨嘆。

高予潔只得無語以對。

他又忽地執起她的手，緊握道：

「地球人有件事……」

「卻能歷久不消，千古不摧……」

「那就是……人與人之間的『情』與『愛』！」

高予潔二度凝望著上空……

這回，整個人已轉爲釋懷而開朗的……

她已不再深陷在原先的疑慮中……

誰是誰，他們又究竟來自宇宙的那個角落……

這些全都不重要了……彌足珍貴的是……

她與江明生之間，那份緊密紮實的感情……

還有與其他許多人的溫情連繫……

其中，甚至，還包括了從未謀面的祖母！

江明生手指的暖流，傳至她的掌心後……便如同在她全身奔竄了般……

直通至她內在的「小宇宙」！

〈全文完，２０１５年３月９日９時４１分〉

國家圖書館出版品預行編目資料

U.K 的冰源／曾緗筠 著. 一初版.一臺中市：白象文化，民 104.06
面： 公分 —
ISBN 978-986-358-167-3 （平裝）

857.7 104005512

U.K的冰源
建議售價・400元

作　　者：曾緗筠
校　　對：曾緗筠
編輯排版：林孟侃
出版經紀：徐錦淳、黃麗穎、林榮威、吳適意、林孟侃、陳逸儒
設計創意：張禮南、何佳諠
經銷推廣：何思頓、莊博亞、劉育姍、王堉瑞
行銷企劃：張輝潭、劉承薇、莊淑靜、林金郎、蔡晴如
營運管理：黃姿虹、李莉吟、曾千熏
發 行 人：張輝潭
出版發行：白象文化事業有限公司
402台中市南區美村路二段392號
出版、購書專線：（04）2265-2939
傳真：（04）2265-1171

印　　刷：普羅文化股份有限公司
版　　次：2015 年（民 104）六月初版一刷
2015 年（民 104）八月再版一刷

設計編印

白象文化｜印書小舖
網　　址：www.ElephantWhite.com.tw
電　　郵：press.store@msa.hinet.net